神《かみ》坐《いま》す山の物語

浅田次郎

双葉文庫

神坐《かみいま》す山の物語

目次

神坐《かみいま》す山の物語

神《かむ》上《あが》りましし伯父

小学生のころ伯父が死んだ。

父と離別したあと、二人の子を抱えて苦労していた母が恃《たの》みとしていた長兄である。

その伯父は奥多摩の山中に鎮《しず》まる神社の神官を務めていた。つまり私の体には、遥かな昔から神に勤仕《ごんし》してきた祖先の血が、半分流れている。

下町の貧しいアパートに電報が届けられる前に、私は伯父の死を知っていた。寒い冬の朝が、いまだ明け初《そ》めぬ時刻だった。

私の名を呼ぶ声に目覚めて、そっと寝床から脱け出た。

がらんとした広い廊下の左右に、独房のような扉の並ぶ古アパートだった。

囁《ささめ》くような声は、廊下の中ほどにある内階段の下から聞こえてきた。こんな朝早くに、どうやって伯父は来たのだろうと思った。満州事変から長く陸軍におり、復員して神職を継いだ伯父は、兵営と祝詞《のりと》で鍛えられたせいなのか、いくらか人間ばなれのした、大きくて澄明な声を持っていた。

私は手すりのすきまから顔を出して、階下を覗きこんだ。アパートの内階段は小学校のそれのように広くて、踊り場もあった。

「シーッ。まだみんな寝てるから」

と、私はほの暗い階段を見おろして言った。だが伯父の声は委細かまわず、闇の底からまた朗々と私の名を呼んだ。

階段には豆電球の常夜灯がついているばかりで、かわたれの光は一条も届いていなかった。

黒々と油のしみた床を軋《きし》ませて、伯父が上がってきた。私は変事を知った。

伯父は神主の衣冠を身につけており、その衣は忌色《いみじき》とされる鼠色であった。のみならず、両手でうやうやしく捧げ持っているものは玉串でも幣帛《へいはく》でもなく、白い布に被われた箱だった。

浅沓《あさぐつ》を鳴らして、伯父は半歩ずつ階段を昇ってきた。そして踊り場で私に向き合い、顔を上げてにっこりと笑った。

伯父は五十をいくつか出たくらいの壮年で、体も頑健だった。だからあまりにも意外だったのだけれど、私はそのときはっきりと伯父の死を悟った。齢《とし》の離れた妹が心残りで、魂魄《こんぱく》が別れを告げに来たのだった。

「おかあさんに、会っていって」

私は懇願した。伯父は階上の私を見上げたまま、静かに頤《おとがい》を振った。

「どうしてさ。せっかく来てくれたのに」

伯父は黙ってほほえむばかりだった。それから、また白い箱を捧げ持ち、浅沓を鳴らし、鼠色の衣をざわざわと音立てて、階段を下りていった。

私にはわからなかった。どうして伯父の魂はここまで訪《おとな》いながら母には会おうとせず、二人の甥のうちの私だけを選んで別れを告げたのだろうか。

その答えを得たのは、何年かのちである。常にではないがときどき、私には見えざるものが見え、聞こえざる声が聞こえるのだと知った。とりわけ人の生き死にかかわることについては勘が働くことも。

伯父の魂はあの朝、永訣を告げるために訪うてくれたのだが、母や兄に会っても仕方がないと知っていた。だから見えざるものの見える私ひとりを呼び寄せて、無言の対面をしたのだった。

厳格で口やかましいばかりではなく、伯父は潔い人だった。

けっして夢まぼろしとは考えず、伯父の死を確信した私は、たちまち部屋にとって返して蒲団《ふとん》に潜りこんだ。まんじりともせず朝を迎えて、朝食の卓袱台《ちゃぶだい》を囲んでも口には出さなかった。母も兄も、塞《ふさ》ぎこむ私の体を気遣ってくれた。

そうこうしているうちに電報が届いたのだった。母は取り乱した。

「山のにいさんが倒れたって。すぐ行かなけりゃ」

山、というのは、つまり実家のことである。母の里は海抜一千メートルの山巓《さんてん》にあったので、そう呼ぶのが一族の習いだった。

母は電報を握って公衆電話へと走った。長距離通話が直通回線で結ばれていなかった時代のことだから、どこか近所の知り合いの電話を借りたのかもしれない。

「ケーブルの下まで救急車がきて、青梅《おうめ》の病院に入院したっていうから、大丈夫よ。あんたらは学校に行きなさい。おかあさんはお見舞いに行ってくるからね」

部屋に戻るや母はそう言ったが、私は信じなかった。伯父は私に別れを告げたのだった。実家が希望的な解釈をしているか、母が私たちを心配させまいとして嘘をついているか、どちらかだと思った。

伯父はすでに死んでいるのだ。あるいは余命を保ったまま、魂が飛んでしまっているのだ。咽元まで出かかった未明の出来事を、私はすんでのところで呑み下した。

「よかったねえ、おじさん。命に別状なくて」

と、中学生の兄が言った。学校の成績がとてもよい兄だが、私のように勘働きはしなかった。


登校しても私は塞ぎこんでいた。朝の体操も授業もうわの空だった。

伯父が死んでしまったことも悲しかったが、いつ職員室に電話がかかってくるだろうと思うと落ち着かなかった。今はどうか知らないが、血族の関係が緊密であったあのころには、三親等の親類の不幸にも忌引《きびき》するのは当然だった。

さんざやきもきしたあと、訃報がもたらされたのは午後だった。

母からの言伝《ことづ》てによると、明日中に青梅の町で遺体を荼毘《だび》に付し、お骨を山に上げてあさってが通夜、しあさってが葬儀、ということだった。

「お具合が悪かったんだね」

担任の教師は言った。そのせいで私が朝から塞ぎこんでいた、と思ったのだろう。まあ、当たらずとも遠からずだが、正しくは伯父の体を気遣っていたわけではなく、訃報を待っていたのだった。

当時は離婚そのものが少なかったし、ましてや女手ひとつで子供らを育てることのできる社会環境ではなかった。そのぶん私は特殊な子供だった。

担任教師には何でも相談することができたのだが、さすがに未明の出来事を口には出せなかった。敬虔《けいけん》なクリスチャンである彼ならば、霊魂の存在を信じているだろう、とは思ったのだが。

私が年齢とともに孤立感をつのらせていったのは、家庭事情のせいではない。見えざるものが見えるということに気付き、その力がいや増してくるほどに、社会との正しいかかわりを保てなくなったのだった。

だから私は今でも、そうした力を職業とする人々を信じない。獲得したものであれ備わっていたものであれ、本人は怖くて仕様がないはずだからである。

あるべきものがないのは不幸だが、ないはずのものを持っていることは、もっと不幸だった。

武蔵御嶽山《みたけさん》という霊山を、どれくらいの人が知っているだろうか。

字面《じづら》からすると、多くの人は「オンタケ」と読み、沖縄が大観光地となった今では、

「ウタキ」と読む人があるかもしれない。

本来は霊山そのものを表す「御嶽」という尊称のみがあったのだろうが、たぶん木曽の御嶽《おんたけ》と混同せぬように「ミタケ」と読み、さらに「山」を重ねて区別するようになった。「武蔵」の国号を冠するのも、理由は同様であろう。

そもそも木曽の御嶽とは縁もゆかりもない。細長い東京都の西の端の、奥多摩の山中に太古から鎮座する神社があり、母の実家は代々その山上で、神官を務めるかたわら宿坊を営んでいた。ここが東京都内だと言われても、俄かには信じられぬほどの仙境である。

先祖は徳川家康の関東入封を先達した熊野の修験と伝えられ、幕命によって御嶽山に上がってから、伯父で十九代を算《かぞ》えるという話であった。

社伝によれば第十二代景行天皇の御代、日本武尊《やまとたけるのみこと》御東征の折に山上に武具を蔵したため「武蔵」の国号が起こり、神社の草創となったそうである。つまり神代の昔からの歴史を持つのだから、私の祖先などはむしろ「新参者」なのであろう。

ただし、家康の先達を務めたほどであるから験力《げんりき》はたしかで、以来その力を用いた鎮魂術や狐払いの秘法などが家伝されてきた。私の祖父は入婿であったから験力を持たなかったが、曾祖父が目の前でさまざまな秘儀を行うさまを、私の母はよく記憶していた。

伯父の訃報がもたらされた翌《あく》る日、私と兄は御嶽山へと向かった。

祖父も曾祖父も長命であったから、伯父の不幸はまったく思いがけなかった。跡とりの長男は、まだ國學院大学の神道学科に学んでいた。

立川駅のホームには、駐留軍の米兵の姿が目立つ時代だった。青梅線は多摩川の渓谷に沿って走った。山麓の御嶽駅で降りてからバスとケーブルカーを乗り継ぎ、さらに爪先上がりの参道を三十分も登りつめたところが母の実家だった。

電車の中で思いついたことがある。

伯父の遺体は青梅の町で荼毘に付され、遺骨を山上に持ち帰って弔いをする。だが、山にはもともと火葬の習慣がなかった。代々の祖先はみな稜線の奥津城《おくつき》に土葬され、私が物心つかぬうちに亡くなった祖父ですら、例外ではなかった。

しかしさすがに、昭和三十年代のなかばともなれば、山下の病院で人が死ぬようになったせいか、あるいは何か法律のようなものができたのか、伯父は歴代の当主の中で初めて遺体を焼くことになった。

立派な神官の姿で別れを告げにきた伯父が、身なりにふさわしい玉串でも幣帛でもなく、白い布に被われた箱を捧げ持っていたことを思い出したのだった。かつて例のなかった骨箱を抱いて、伯父の魂は私に告別したのだと知った。

その日の御嶽山は格別に寒く、鬱蒼《うっそう》たる杉の森は凍えついて、氷のかけらを散らしていた。

　ところで、私は壮健だったころの伯父に、死の予兆を見たことがあった。

　前年の夏であったろうか。私は屋敷の表廊下に腰を下ろして、ぼんやりとしていた。空は昏れなずんでおり、蜩《ひぐらし》の声がカナカナと、杉木立のあちこちから聞こえていた。狭苦しくてせわしない都会の暮らしでは、子供が何もせず何も考えずにぼんやりとすることなどありえない。だが、休みのたびに母の里を訪ねると、私はしばしばそんなふうに放心した。まるで、山中に遍満するいたずらな神々の仕業のようだった。

　廊下の前の掲庭《つきにわ》は、林間学校の一学級が朝の体操をするくらい広かった。その先に多摩の豪農が寄進したという立派な長屋門があり、重い門扉を開くと神社に続く杉木立の径《みち》が延びていた。

　私は何を思うでもなく、まるで映画のスクリーンのように切り取られた四角い門口を見ていた。

　もしかすると、会社帰りの父を路地で待つように、神社の勤仕から戻る伯父を待っていたのかもしれない。父とは年齢もちがうし、似たところは何ひとつなかったけれど、謹厳で子煩悩な伯父は私にとって理想の父性だった。

たそがれが落ちてきた。伯父が神社から戻るまでは、屋敷をぐるりと繞《めぐ》る回廊の雨戸を閉《た》ててはならなかった。

ふいに小径の先から、二頭の犬が歩いてきたのである。雪のような白と、夜のように黒い大きな犬だった。

(ア、お狗様《いぬさま》)

と、私はさほど驚くでもなく思った。東征の折に道に迷った日本武尊を、黒と白の二頭の山狗が導いたという伝説があって、御嶽山には今も「お狗様」の実見譚が絶えなかった。噂の真偽はともかくとして、私はお狗様が実在する動物だと信じこんでいたから、鹿や猿を見かけたのと同様に、珍しいとは思っても怪異とは感じなかったのである。

関東一円に広く知れ渡る御嶽山の護符といえば、「大口眞神《おおくちのまがみ》」と書かれたお狗様の御札で、運よくその絵のモデルに出会ったと思ったのだった。

お狗様は門前に並んで立ち止まり、しばらく私を見つめた。それから杉木立に付けられた屋敷裏の急坂に、躍りこむようにして消えた。

するとじきに、白の浄衣《じょうえ》に浅葱色《あさぎいろ》の袴を着けた伯父が、神社から戻ってきたのである。

「おじさん、今、お狗様がね」

と、私は伯父がたどってきた小径を指さして言った。口髭を撫でつけながら、伯父は門を振り返った。

「おじさんのすぐ前を歩いてきたじゃないか」

とたんに伯父は、ぎょっと目を剝いた。

「おまえ、見たのか」

「うん。白と黒が、そこの石段を下りていったよ」

伯父は門の外に引き返して、昏れなずむ森に目を凝らし、それからどこに向き合うでもなく厳かな拝礼をした。柏手が蜩の声を縫って、山々に谺《こだま》した。

神の使者であるお狗様が、不吉であろうはずはない。だが、私たちが怖れる死を、「神《かむ》上《あが》りまし吉事」ととらえるならば、お狗様が伯父にまとわりついていたことも理屈に合う。

表廊下に私と並んで腰を下ろし、伯父は声をひそめた。

「今の話は誰にも言うんじゃないよ」

「どうして」

「お狗様を見たなんて言ったら、罰《ばち》が当たる」

「見た人はみんなしゃべってるよ」

「本当は誰も見てやしないんだ。嘘なら罰の当たりようもないが、おまえは見たんだから、しゃべれば怖いことになる。いいね」

おそらく伯父は、あのとき運命を悟ったのだろう。家族が気を揉まぬよう、私の口封じをしたのだと思う。

伯父に家伝の験力が備わっていたかどうかは知らない。すでに鎮魂術や狐払いの罷り通る時代ではなかった。だが、養子であった祖父にそうした力がなくとも、祖母の血を通じて伯父にそれがもたらされていたと、考えられなくもない。むろんその伝でいうなら、母を経由して私の中にその血が享《う》け継がれていたとしても、ふしぎはないのである。

伯父には二人の姉と五人の弟妹があった。だからその時分は、夏休みともなれば大勢の甥や姪がそれぞれの親に連れられて里帰りをし、広い屋敷は賑やいだ。

だがなぜか、私には伯父と二人きりになった記憶が多いのである。それもたいがい、何を語らうでもなく、関東平野を一望に見はるかす東向きの回廊やら、湯殿に渡された懸橋の上やら、星の降る庭先やらで、二人してただぼんやりとしていたような気がする。

とまれ、私がお狗様を見た年のその冬のうちに、伯父は何ひとつ言い遺すでもなく、まるで見えざる力に搦《から》め取られでもするように死んでしまった。

私と兄が屋敷に着いた日の夕刻、伯父は骨になって帰ってきた。まだ葬祭の仕度もおえぬあわただしさの中であった。

人々にさほど嘆き悲しむふうがなかったのは、その死があまりにも突然だったせいだろうか。それとも、神道における死は寂滅でも喪失でもなく、神上りにほかならぬからだろうか。

そのかわり人々は、遺体が焼かれ、骨になって帰ってきたことを口々に悔んでいた。

参会者は玄関の式台や廊下にかしこまって、葬列の到着を待った。有線電話がしきりに鳴り、今どこそこを通ったという連絡が入った。家の者が廊下を走り回って、屋敷中にそれを伝えた。山上には地名がなく、参道に沿って建ち並ぶ三十数家の神職の雅びな屋号が、そのまま座標を示した。だから山で生まれ育った人か長く住む人でなければ、葬列の位置はわからなかった。

軽い骨箱だからと言って、さっさと登ってはならぬ。棺桶を上げるのと同じだけの時間をかけて、葬列はゆっくりと帰ってきた。

待つことに飽きてしまった私は、厠《かわや》に立ったあと駒下駄をつっかけて外に出た。屋敷は真白な霧に包まれていた。

参道が「霧の御坂《みさか》」と称されるくらい、御嶽山は霧の名所である。背後に大嶽山《おおだけさん》や御前山《ごぜんやま》が聳《そび》え、その先はさらに雲取山や大菩薩の嶺につらなる地形のせいであろうか、夕方には季節にかかわりなく、まるで白羽二重《しろはぶたえ》のように濃密で光沢のある霧が、しばしば山をくるみこんだ。

御坂に続く裏門の石垣に屈みこんで、私は葬列を待つことにした。じきに森の底から、姿は何も見えないのだが、榊を払う音や多くの衣ずれが聞こえてきた。

やがて霧の中に現れた、思いもかけぬ葬送の姿に私は息を呑んだ。

神官たちはみな黒い烏帽子を冠り、忌色の斎服を着ていた。彼らは榊やら御幣《ごへい》やら笏《しゃく》やらを捧げ持って、まるで霧から生まれ出るように、ひとりずつ唐突に私の目の前を過ぎていった。

それはかつて私の知る葬送のかたちとは、あまりにも異なっていた。いや、かたちばかりがちがうのではあるまい。やはり神の山里には、私たちが日ごろそうと信ずる死の概念そのものが存在しなかった。伯父は死んだのではなく、神になったのだった。

葬列はしめやかにゆっくりと、霧から生まれまた霧の中に消えていった。女の姿はひとつもなかった。

弓を手挟《たばさ》み、箙《えびら》を背負うた神官が通り過ぎた。そしてそのあとから、伯父の骨箱がやってきた。

それを抱いていたのは、私も顔を見知っている山上の神職だった。昔から嫁婿のやりとりをしている血縁の屋敷の当主である。本来ならば若い神主たちが棺桶を担ぐところを、ひとりが抱くのではそれなりに近しい人でなければならなかったのだろう。

その神官は、私に別れを告げにきた伯父とそっくりの格好で、厳かに骨箱を捧げ持っていた。そしてむろん、その骨箱は白い霧の中にも抜きん出て白い布に包まれていた。

伯父は骨になって帰るこの有様を、あらかじめ私に示したのだった。しかしそれを報《しら》せて何の意味があるのだろうか。

意味はじきにわかった。

葬列が過ぎて行ったあと、少し間を置いて伯父が現れたのである。ほかの神官たちと同じ斎服を着ていたから、すぐにそうとはわからなかったが、やはり生者と霊魂とでは身にまとう空気が異なっていた。

葬列の神官たちは私を一顧だにしなかった。だが伯父は、笏を捧げたまま悲しげに私を見返った。それで心が通じた。幼い子らを遺して死するは無念だが、神上るのだから文句は言うまい。だが、骨になるのは情けない、と伯父の心が訴えたのだった。

けっして頑迷なばかりの人ではなかった。むしろ新しもの好きな人であったから、時代にそぐわぬ土葬の慣習にこだわったわけではあるまい。

山に生まれ、神に仕え、土に還る、という祖宗の長くくり返してきたいとなみが、自分の代に覆ることを、伯父は悲しみ、かつ恥じたのであろう。

伯父の魂は骨箱のあとを追うようにして玄関に消えた。当主の帰宅を告げる忍び太鼓が、低くどろどろと伝わってきた。

やがて霧の中から、女たちが現れた。

長く近親婚がくり返されたせいか、彼女らはおしなべて美しく、厚い森に陽光を阻まれて育った肌はどれも透けるような白さであった。そうした女たちが喪服の褄《つま》を取り、脛《はぎ》をこぼして霧の御坂を登ってきた。

裏門の石垣のきわに私を認めて、母はきつく叱った。私なりの言い分はあったが、まさかおじさんに呼ばれて迎えに出たもあるまい。

どこの家だって次男坊はやんちゃなものだよ、と伯母のひとりが私を庇《かば》ってくれた。

屋敷は途方もない広さだった。

もともと大人数の講中《こうじゅう》を泊める宿坊であるから、一階は百畳余りの大広間を回廊が繞り、あちこちの階段を昇れば半間幅の廊下の左右に、唐紙で仕切られたたくさんの座敷が並んでいた。

夏休みに親類の子らが集まっても、屋敷内で隠れん坊は禁忌とされていた。何でもその昔、どこかに隠れたまま行方しれずになった子供があったらしい。天狗《てんぐ》の仕業にするまでもなく、それくらい危ういほどの広さだった。

大広間の北の隅には、白木の大扉《おおど》を閉《た》てた立派な神殿があり、「御神前《ごしんぜん》」と称されていた。伯父は毎日、朝早くに御饌《みけ》を誂えて御神前に進め、厳かな神事を執り行った。

その神聖な座敷の大扉の前に、祭壇が設《しつら》えられた。

通夜は翌る晩であったと思う。不便な山上であるうえ、講社講中は関東一円に分布しているので、きょうあすにさっさと済ますというわけにもいかなかった。

伯父の遺骨が屋敷に戻った日は、夜遅くまで臨時のケーブルカーが出て、会葬者たちを山に上げた。通夜の当日は早朝から徒歩で登山する人々もあった。南の五日市や檜原《ひのはら》から なら、電車やバスを乗り継いで大回りするよりも、養沢《ようざわ》沿いに険阻な山道を登ったほうが早かった。

そのようにして、いったいどれくらいの人が集まったのだろう。大広間もたくさんの客間も、すべて喪服の参会者で埋まり、廊下や大階段に座りこむ人もあった。そして神道における死が、悼むばかりではなく神上りを祝う儀式だと知っている彼ら氏子たちは、飲み食いしながら陽気に語らった。

特別な客が訪れたのは通夜の日の午後であった。

折しも冬陽が翳《かげ》って小雪の舞う中を、シルクハットを冠った正装の紳士が二人、従者や巡査を供連れにしてやってきた。屋敷の賑わいは嘘のように鎮まり、みなが廊下に向いて低頭した。

先を進むひとりは、宮内庁から差遣された使者であった。勅使と呼ぶべきかどうかはわからぬが、旧官幣大社の宮司であった伯父に対し、天皇陛下から銀盃が下賜《かし》されたのだった。使者は紫色の袱紗《ふくさ》を捧持していた。

その後に続くのは賞勲局の役人であった。多年にわたり民生委員を務めた功労により、勲位が遺贈されたのだった。

酔った老人たちが、声をひそめて噂した。

「御師《おし》さんは支那事変に出征して、たいそうな手柄を立てたんだ」

「おうよ。金鵄《きんし》勲章もいただいたらしい」

「戦に負けちまって、今さらそうとも言えねえもんで、民生委員てえことだの」

「勲七等と言やァおめえ、軍曹が少尉殿に特進したってことじゃあねえんか」

「そうにちげえねえけんど、終戦から十五年も経っちまやァ、ほかの理屈をつけるしかあんめえ」

伯父が青梅市の民生委員を務めていたのはたしかだが、大昔から同じ家の人々が住まう山上の集落に、そうした役職が必要であったとは思えない。過ぎにし戦の話を伯父の口からいくどか聞いていた私は、老人たちのやりとりに得心した。

御神前の祭壇には、銀盃と位記と、もうひとつ種明かしのように古ぼけた勲章が並べて飾られた。

金鵄勲章は武功抜群の軍人に対して授けられた。その謂れは神武天皇が御東征の折、弓の先にとまった金色の鵄《とび》にちなむ。

だから考えてもみれば、伯父はそれだけ多くの中国兵を殺したことになるのだが、そうした理屈はわかっていても、伯父の尊厳は私の中でけっして揺るがなかった。

あらゆる倫理を超越して、伯父は私の英雄でなければならなかった。

使者たちは厳かな用事を済ますと、たちまち帰ってしまった。もしかしたら彼らは、そうして日ごと嘉《よみ》せられぬ英雄たちの死をひそかに弔い続ける、天皇と国の密使だったのかもしれない。

冬の日没を待って、通夜が営まれた。

祖母は多くの子を生み育てたあと四十代で早逝した。祖父は私が物心つく前に神上っていた。だから今日も続く御嶽山のふしぎな葬送の儀式を、私が体験したのはそのときが初めてであった。

仏教における葬儀の手順は、宗派によって画一的に定まっている。だが、そもそも教義のない神道は、集合する理由を持たない。つまり祭式の一切は、遥かな歴史によって化育された、固有の方法で執り行われる。

事前に何を教えられていたわけではない。もし多少の心構えがあったのなら、あれほど怖い思いはしなくてすんだのに、とのちのちまで悔いた。

霧を蟠《わだかま》らせて神の山が闇に沈んだころ、屋敷の回廊を繞るすべての雨戸が鎖《とざ》された。人々は百畳余りの大広間に、膝を詰め寄せて座った。やがて祭主の神官と添役と楽士らが、揃いの忌服を着てしずしずと入ってきた。祭壇のうしろに据えられた大太鼓が、どろどろと鳴り続けていた。

奏楽は笙《しょう》や篳篥《ひちりき》のほかに、風の音がする石笛《いわぶえ》が数管、加わっていた。そのせいか少しも雅びには聞こえず、いかにも神さびた太古の調べになった。たとえば雪の降りしきる音、霧の湧き出づる音、山々の風に鳴る音。

ひとしきり奏楽をおえると、祭主が祓詞《はらえことば》を朗々と唱え、それから亡き人の一生を巧みに織りこんだ長い祭詞《まつりことば》を、歌うような抑揚をつけて読み上げた。

いつ幾日《いつか》、誰それの子として生まれ、こうした学問と修行を重ね、という詩のような履歴であった。どうしたわけか私は、「一朝大陸に戦火の起こるや軍に馳せ参じ、赫々《かくかく》たる武勲を上げ――」という文言だけを、はっきりと覚えている。

復員した伯父は神職に戻り、ほどなく祖父が死んで家督を襲《と》った。だが十年しか続かなかったのである。詞はその事実をけっして悲嘆せず、「人徳ゆえに選ばれて神上りし給う」というふうに結んでいた。

さて、それからである。

「ご低頭ォー」

と添役の神官が言い、一同は背を丸めて亀のようにこごまった。母が私の頭を押さえつけた。ただ貴《たっと》きものに平伏するのではなく、額を畳にすりつけて目をとじ、何も見てはならないのだった。

ひとしきり紙垂《しで》をばさばさと振る音がしたと思うと、突然、屋敷中の灯りという灯りが落ちた。誰が何言うでもなく、まるでふいの停電のように、すべてが闇に返ったのだった。私は怯えて母の手をたぐり寄せた。

すると低く長く、地の底から洩れ出るような「ウォー」という声が聞こえてきた。人でも獣でもない、何ものかの声に思えた。

祭壇の前にひれ伏したまま、祭主の神官が吠え始めたのである。息も継がずに太く低く、おどろおどろしい声は続いた。闇の大広間は咳《しわぶき》ひとつなく静まり返っていた。

怖いよォ、と私は呟いた。だが母は応じてくれなかった。そこで私は、物を言ってはならず、身じろぎもしてはならぬのがこの儀式の定めなのだと知った。

「ウォー」

祭主は吠え続けた。そのうち、添役のひとりの立ち上がる気配がした。そしてその神官は、やにわに足を踏み鳴らして駆け出したのだった。私のすぐ脇を、香を焚きしめた衣が翻って、真黒な風のように駆け抜けた。

私にはそれが神事ではなく、何かのっぴきならぬ変事が起こったように思えた。だが、闇の大広間は依然として静まっており、祭主の吠え声だけが聞こえていた。

「ウォー」

足音は大階段をどどっと駆け昇り、頭上の床を激しく鳴らして廊下を走り抜けた。漆黒の闇の中なのに、足音には惑いがなかった。

「ウォー」

祭主の声はいっそう強まり、それに応ずるように、足音は屋敷を駆け巡った。東に張り出した翼廊を往還し、急な裏階段を転げるように昇り降りして、母屋を取り巻く回廊を走った。百年の古屋敷は悲鳴を上げて軋んだ。

神官たちが死者の霊魂を、屋敷から追い立てているのだと知った。そう思いついたとたん伯父がたまらなくかわいそうになった。

骨箱とともに帰ってきた伯父の、悲しげな顔が思い出されたのだった。せっかく山に帰ってきたのに、どうして追い出されるのだろう、と。

母は私のかたわらで、俯したまま顔を被って泣いていた。そのほかに嘆く声はなかった。

私は母の悲しみを忖度《そんたく》した。もめごとのつど、伯父は山から下りてきて、父の行いを説諭し、母の短慮を叱った。そうした経緯があったから、母はその日も呆《ほう》けたように「にいさんは私が殺した」と、呟き続けては、親族に慰められていた。

ニイサンハワタシガコロシタ。

その言葉の意味がよくわからなかった私は、母が本当に伯父を殺したのではなかろうかと疑った。たとえば、緩慢に効能を顕《あら》わす毒薬のようなものを、良薬と偽って里に送りでもしたのではないか、などと。

そのようにあれこれ想像をたくましゅうすれば、いよいよ伯父がかわいそうでたまらなくなった。

悼み哀しみのない儀式も、参会者たちの陽気な酒盛りも、天皇陛下の銀盃も勲位も、何もかもがこの世で唯一の正義である伯父を、抹殺するために仕組まれた悪意の芝居であるように思えてきたのだった。

まちがっても敬することのできぬ父のかわりに、私は父性を求めていたのかもしれない。そうと言えば話は俗に落ちるのだが、ただひとつ俗ではないことには、伯父と私は他の親族の誰も立ち入れぬ、神秘の血を共有していた。

私はとうとうたまらなくなって、母のかたわらから這い出た。祭主の声と神官の足音に耳を塞いで泣き崩れる母は、御神前を抜け出した私に気付かなかった。

いくらか闇に目が慣れてきた。私は柱や唐紙を伝って、暗い回廊を歩いた。

ニイサンハワタシガコロシタ。

もし母が、度重なる叱責に逆上して伯父を手にかけたのだとすれば、親族の誰が加担しようと、天皇陛下がお赦《ゆる》しになろうと、せめて私ひとりは詫びなければならないと思った。

伯父は破風屋根の下の、東に向いた玄関の式台に座っていた。

霧はすっかり霽《は》れていたが、かわりに雪がしんしんと降り積もって、庭先の苔を被い隠していた。

鼠色の斎服の背をすっくと伸ばし、胸前に笏をかざしたその姿は、神に服《まつろ》いかつ潔く神意に従う人の矜持を感じさせた。まっすぐに雪闇を見つめたまま、伯父は小動《こゆるぎ》ぎもしなかった。

私は凍った式台の上にかしこまった。何を言えばよいかわからずに、しばらく伯父の凜《りん》とした横顔を見つめていた。私の吐く息は白いのに、悲しいことに伯父の口元には呼気が見えなかった。

山上の雪は固く細《ささ》めて、伯父の烏帽子や斎服にぱらぱらと音を立てた。屋敷内からは相変わらず、神官たちの忌声《いみごえ》と足音が聞こえていた。伯父の魂はそれらに追われて、高天原《たかまがはら》だか黄泉国《よもつくに》だかに旅立とうとしているのだが、どうにも惜別の情たえがたく、玄関の式台に座りこんでしまったのだった。

五十余年の伯父の生涯は、神事と軍務のふたいろに塗りこめられていた。まったく対蹠《たいせき》的に思えるつとめだが、伯父のうちにはその二つの職業が何の矛盾もなく調和していた。たとえば漆の椀の内外《うちそと》に磨き出された黒と丹《あか》のように。

私は式台にぬかづいて、「おじさん、ごめんなさい」と言った。

母が伯父を害したという妄想に取り憑《つ》かれていたのか、それとも父母の離婚が伯父の命を縮めてしまったと悟っていたのか、いややはり、自分が子供という無力な小動物であることを、私は詫びたのだと思う。

いかにも神主然とした太くて狭い口髭を引いて、伯父がほほえんだような気がした。口やかましかった伯父の説諭を、ひとつ思い出した。

（おまえの悪いところは、悪いと知ってもあやまらんことだ。江戸前の意地ッ張りもたいがいにしろ）

だから私は金輪際の思いのたけをこめて、初めて伯父に詫びた。だが伯父の魂は、褒めようとはせずに笑って往《い》なした。

伯父の心が伝わった。

あやまってはならない。おまえはひとつも悪くはない。悪くはないのに頭を下げてはいけない。

それまでにも周囲の人々から、不憫《ふびん》だの気の毒だのとさまざまの声をかけられたが、それらは恥じ入りこそすれ励ましとなるものではなかった。だが、伯父の心は私の力になった。

やがて伯父はわずかに式台を軋ませ、正しい神籬《ひもろぎ》の内の所作で立ち上がった。浅沓を履いてさざれ雪の庭に降り立った姿は、私の視野を被うほど巨《おお》きかった。悪意と理不尽にまみれて蹲《うずくま》る私の前に、伯父がただひとり立ち塞がって、庇ってくれているように思えた。

「でも、やっぱりごめんなさい、おじさん」

私がなかば意地でそう言うと、伯父は忌服の背を少し丸めて笑った。それから森の高みに鎮まる社殿の方角を向いてきっかりと腰を折り、奥津城に向かう山道を、振り返りもせず下って行った。

大杉の下枝《しずえ》からけぶり落ちる雪が、清廉な人の背中をやがて帳《とばり》のうちに被い隠してしまった。

伯父は神上ったのだった。

納骨のために奥津城に向かったのが、翌る日の葬儀ののちであったのか、それとも日を改めた祭事であったのかは思い出せぬ。だがやはり、薄墨色の暗鬱な空に小雪の舞う、寒い日であった。

その儀式にもふしぎな慣習があった。葬列の先頭には神官のうやうやしく掲げた御幣が立つ。霊魂がその紙垂の束に依っているという話を、私は信じなかった。伯父の魂は通夜の晩すでに、みずから奥津城に向かったのである。

御幣のあとには神官たちが続き、本来ならそのうしろから棺が運ばれるのであろうが、長男の胸に抱かれた骨箱が進んだ。

ああして倅に抱かれて行くのだから、骨になるのも悪くはないと誰かが言い、人々が賛同し、いいも悪いもこれからはみなが焼かれて骨になるのだと、いくらか捨て鉢に媼《おうな》が言った。

骨箱の次には、弓を手挟み箙を負った二人の神官が続いた。彼らはともに若くてたくましく、斎服には両襷が掛けられ、袴の股立《ももだ》ちを高く取っていた。会葬者たちはそのあとに長い列をなした。

私と母は手をつないで歩いた。危ういぬかるみを気遣って母がそうしているのではなく、すっかり傷悴しきった母を、私が支えていた。兄は行列のうしろを、同じ齢ごろのいとこたちと歩いていた。

葬列はうっすらと雪を被った山道を下って、東の尾根にある奥津城をめざした。深い竹藪を抜けると、小径は神社から下る稜線と直角に交わった。左手は底知れぬ深い谷であったから、前後を行く葬列のすべてを見渡すことができた。

そこは山颪《やまおろし》の通り道でもある。大菩薩から来立って関東平野に吹きおろす風が、幣帛を横ざまに靡《なび》かせ、人々の衣を襤褸《ぼろ》のように翻した。

ふと私は、嘆きの母がこの山颪を幸《さいわ》いとして、谷底に身を躍らせてしまうのではないかと危ぶんだ。それで、おのれがすがりつくふりをして母の腕をきつく抱き寄せた。

折しもひときわ強い風に煽《あお》られて私たちはよろめき、精妙な力を閲《せめ》ぎ合わせた。

けっして私の思いすごしではなかった。

かつて母は酔ったあげく眠り薬を飯のようにむさぼり食って、自殺未遂をしたことがあった。量が多すぎて薬が胃の中に凝固し、すんでのところで一命を取り止めたのだった。そのときに限って私の勘がまったく働かなかったのは、たぶん思いつめた末の決心ではなかったからなのだろう。ただし、その原因が貧しい暮らしや子供を抱えた苦労ばかりではないと、私は知っていた。御嶽山に生まれ育った母は例に洩れず美しく、神気に洗われた肌を持っていた。

夜の仕度をこらして勤めに出る母をアパートの階段の上から見送っていると、すれ違う人は男女を問わず、みな白昼の化物にでも出会《でくわ》したように目を瞠《みは》り、振り返ったものであった。

胃の洗滌をおえた母がまだ入院しているうちに、伯父がひょっこりと訪ねてきた。母の所在を訊かれて仕方なく、ありのままを口にした。とたんに伯父は血相を変え、私を引きずるようにして病院に向かった。

伯父の顔を見たなり、母は私を責めた。私がことの次第を実家に報せた、と考えたのである。伯父は母を叱りつけた。親の恥を晒すような子じゃあない、と私を庇ってくれた。

病院からの帰り道、伯父は下町の泥川にかかる橋の上で私の肩を抱き寄せた。

「魚がいないな」

「きたなくて棲めないよ」

「御嶽山には岩魚《いわな》も山女《やまめ》もいる」

「知ってるよ」

会話はそれきりだった。私は伯父の厚意を無言で拒み、伯父は意志を悟った。たとえ母の里であろうがよその家の厄介になるくらいなら、親子心中でもするか野垂れ死ぬほうがましだと、私は言ったつもりだった。

いったいに私と伯父の間には、言葉が不要だった。そうした力の存在を意識していたわけではないが、だからしばしば二人してぼんやりと、心を通わせていたのだと思う。

橋の上で会話が絶えたあと、「寿司でも食わしてやろう」と伯父は言い、「お寿司は嫌いだよ」と私は嘘をついた。そしてどうしたわけか橋の上でぷいと別れた。

私と伯父がいつも通わせていた心は、言葉ではなかった。そうした私たちの間ですら、心を声にしたとたん、まるで陽光に晒された古代の絵のように、極彩の色は喪われ形はあられもなく歪んで、説教や媚びや、欺瞞《ぎまん》や打算に姿を変えた。

通い合う心に較ぶれば、言葉はことごとく無力で穢《けが》らわしいと、私はあの橋の上で知った。

遥かな昔から神職とその眷族《けんぞく》が葬られてきた奥津城は、尾根の端の森を豁《ひら》いた台上にある。

急峻な御嶽山にはそもそも平坦な土地が少ない。鳥居前の広場もケーブル山頂駅の展望台も、奥津城よりずっと狭かった。つまり山上で最も広い場所が、墓場になっていた。

奥津城の中心の小高い丘の上に、屋根と腰壁だけの小屋が建っており、本来ならばそこで遺体と最後の別れを惜しむのだが、白木の案《つくえ》に骨箱を据え、水と米と塩と酒を供えて、告別の儀式が行われた。

仏のいまさぬ墓所には俗臭がいささかもなく、あちこちにかたちのない八百万《やおよろず》の神々が、あるいは佇み、あるいは蹲りなどしているように思えた。

祓詞のあとで、若い二人の神官が東に向いて進み出た。大弓に矢がつがえられ、きりきりと引き絞られた。まるで闇夜に見えぬ鵺《ぬえ》の声を狙いでもするように、二本の矢は的なき鈍空《にびぞら》に射上げられた。

神官たちはいちど躊躇して、眉庇《まびさし》を掲げ、矢の行方を見極めるふうをしてから、ふたたび立ち上がって二の矢を放った。

矢はいったいどこまで飛んだものやら、山颪に流されて消えてしまった。

それから納骨がなされた。奥津城はそれぞれの家ごとに広く区画され、ちょうど物語の芳一《ほういち》が琵琶を奏でた平家の墓所のように、古い墓石が長四角に並んでいた。

私の家祖は徳川家康の江戸入りに先達した修験であったから、苔むした野仏のような墓石でも、よその家よりよほど新しいという話であった。

私は人ごみの中に膝を抱えて屈みこんだ。莨《たばこ》を喫《す》い雑談をかわす会葬者たちを遠巻きにして、八百万の神々の気配を感じていた。はっきりとしたかたちは持たぬが、瞭《あきら》かに遍《あまね》くそこにある神々を畏《おそ》れて、生者たちの中に身を隠したのだった。

むろんそれらは、見ず知らずの古代の神々ばかりではなかった。

私が物心つかぬうちに死んだ祖父があり、狐払いの験力をことした白髯の曾祖父があった。むしろそうした血縁の父祖の存在を、私は強く感じた。

生命は父母から授かったわけではなく、それこそ神代から連綿と繋がって、この肉体を生成しているのだと知った。それは自覚であり発見であった。

愛憎を父母にのみ向けてはならなかった。私は神話のように父母によって生み出されたのではなく、奇蹟の繋いだ血の中に出現した生命だった。

「おかあさん、ちょっと」

と、私は母を呼んだ。体の具合が悪いとでも思ったのだろうか、母は不安げに歩み寄ってきた。

私は膝を抱えて、震えながら言った。

「おじさんがいるんだ」

母は顔色を変えた。

「どこに」

「僕のすぐそばだよ。あっちのほうには、おじいさんも、ヒゲのおじいさんもいるんだ」

少しも怖くなかった。私は血を繋いでくれた人々のありがたさに身を震わせていたのだった。

私はそれまでけっして口にしなかった言葉を、こればかりは心を声に変えても錆びもせず穢れもせぬと信じて、小さくはっきりと母に訴えた。

「だからもう二度と、死のうなんて思わないでよ。だって、僕がおかあさんを殺したことになるじゃないか」

みなまで言いおえぬうちに、母は私を喪服の胸にくるみこんだ。

そのとき伯父は、おそらく私の背うしろに佇んでいたのだと思う。母には見えもせず感じもしなかったのだろうが、神の山に生まれ育った人なのだから、霊魂を信じぬはずはなかった。

納骨をおえたころ、鈍空の崩れかかるような大雪になった。

人々は早足で奥津城を後にした。すべての儀式は屋敷での直会《なおらい》を残すばかりだった。参会者が物忌《ものいみ》を解き、神饌神酒《しんせんしんしゅ》を下げて神とともにいただく直会は、儀式のうちにはちがいないのだが、事実上は打ち上げの宴会である。足が早くなるのは当たり前なのだから、雪に追われたのは人々にとってむしろ幸いであった。

何とはなしに立ち去りがたく、古い墓石を眺めたりしているうちに、ひとり取り残されてしまった。

伯父の姿は見えないが、気配ははっきりと感じられた。どうして見えなくなってしまったのだろうと思った。それはおそらく、伯父が神になったからだった。

祖父や曾祖父や、大勢の祖先たちや八百万の神々が、珍しいものでも見るように私を見つめているような気がした。

兄の声が遠くから私を呼んだ。答えて墓所を出るとき、振り返ってお辞儀をし、バイバイと手を振った。

それでも伯父が姿を顕わしてくれぬことが悲しかった。もういちどバイバイと声にしても、伯父は気配しかなかった。

別れをせかすように、横なぐりの雪が視界を被った。神上りましし伯父は人の世を隔てる純白の緞帳の向こう側から、清らかな息吹だけを私の耳に送ってくれた。

兵隊宿
へいたいじゅく

屋敷は見世物ではない、お帰んなさい、と伯父は米兵を叱りつけた。カメラを奪い取って叩き壊しそうな剣幕に若い兵隊たちはたじろぎ、申しわけなかった、悪気はなかった、というふうに身振り手振りの英語で詫びた。

母の実家は参道からははずれているが、大杉の森の中に立つ長屋門を社殿と勘違いして、覗きこんだり記念写真を撮ったりする米兵があった。

神社の務めから戻ったばかりの伯父は、白い着物に浅葱色《あさぎいろ》の袴を着けたままであったから、米兵たちはいよいよそこが神聖な社殿だと思いこんだのだろう。ひとりひとりが非礼を詫び、きちんと挙手の敬礼をして去って行った。夏の軍服の腕に一本か二本の山型を縫いつけた、どれも若い兵隊だった。

伯父があまりにも権高で、米兵たちが従順であったから、戦争に負けても軍曹は偉いんだなと私は妙な誤解をした。

昭和三十年代も初めのそのころ、立川のキャンプには大勢の米兵が駐留していた。戦争直後の「進駐軍」という呼称が、「駐留軍」に変わったころである。せっかくの休日を都心で過ごさず、逆方向の青梅《おうめ》線に乗って御嶽山《みたけさん》を訪ねるのは、恋人も金もない若い兵隊ばかりだった。

彼らはすでに日本と戦争をした世代ではない。だが伯父は米兵を毛嫌いした。山上の宿坊はハイキングや避暑に訪れる客も利用したが、私の知る限り外国人を泊めたことはなかった。

米兵を追い払ったあと、伯父はせいせいした顔で表廊下に座りこんだ。海抜一千メートルに近い山上にはやかましい油蟬が棲まず、日がな一日、蜩《ひぐらし》が鳴いた。

伯父にはあぐらをかく習慣がなかった。神社から戻ってそんなふうに一服つけるときですら、すっくりと背筋を伸ばして正座した。

おじさんはアメリカと戦争をしたんだよね、と私は訊ねた。くわえ莨《たばこ》のまま、伯父はしばらく黙りこんだ。

それから言葉を選ぶようにして、北支《ほくし》に行っていたからアメリカの兵隊は見たためしもなかった、というようなことを言った。

子供心にも私は、伯父がかつて敵であったアメリカを、いまだに憎んでいるのだろうと思っていた。だから物見遊山にやってくる米兵たちを邪慳にするのだろう、と。

伯父は私の心を読み取った。こっちにおいで、と清らかな神官の手で私を呼び寄せ、かたわらに座らせた。話はいつも面白いのだが、かしこまって聞かねばならぬのは苦痛だった。

夏休みも終わりに近いたそがれどきであったと思う。兄やいとこたちはどこに行ったのか、屋敷はしんと静まり返っており、木々の高みのあちこちから蜩の声がカナカナと降り落ちていた。

おばあさんから聞いた昔むかしの話だよ、と伯父は言った。

祖母はたくさんの子を産み、四十代の若さで死んだ。下から二番目の私の母はその顔を記憶していなかった。

ともかく伯父が生まれるよりずっと前、祖父が山麓の千人同心の家から婿入りする前の、遥かな昔話である。

講社の氏子たちが参詣にこない冬の間、宿坊はしばしば兵隊宿になった。明治の中ごろに御嶽の手前の日向和田《ひなたわだ》まで鉄道が敷かれると、奥多摩の山々が山地行軍の演習場に使われるようになったのだった。

東京の麻布聯隊や近衛聯隊は、青梅の吉野梅郷あたりから山に入り、日の出山の稜線をたどって御嶽山を往還する一泊二日の行程だった。軍容はまちまちだったが、千人の大隊が来るとなれば、山中の三十数軒の宿坊が兵隊で埋まった。

日清日露の戦争ののちには、何日もかけて大菩薩を越え、甲府聯隊がやってきた。土地柄ゆえか山岳戦を得意とする甲州の兵隊は頑健だった。

歩兵部隊ばかりではなく、通信隊が谷を挟んで手旗信号の訓練をしたり、輜重《しちょう》隊が砂の詰まった土嚢《どのう》を担いで登ってくることもあった。いずれにせよ、参拝客の少ない厳冬期と決まっており、軍隊の会計にまちがいはないのだから、山は大助かりだった。

伯父は庭に向いて長く続く表廊下を見渡しながら言った。

「行き帰りにはヒゲのおじいさんがここに座って、兵隊さんは庭に整列して、捧げ銃《つつ》をする。何だか乃木将軍になった気分だと、おじいさんは喜んでいた」

陸軍の登山訓練は大正昭和になっても続いた。光栄な受礼者の役目はやがて、白髯を胸まで蓄えた曾祖父から祖父へと引き継がれた。

「おじさんは？」

伯父は目を細めて笑った。

「おじさんは兵隊に取られてしまったからなあ。いっぺんぐらい将校から敬礼されてみたかったが、戦争が終わるまでずっと戦地にいたんだから仕方がない」

髯のおじいさん、という愛称で一族に語り伝えられる曾祖父は、狐払いなどをよくする神力の持主だった。だから、捧げ銃を受けて得意満面になっている姿など、とても想像がつかなかった。私の中では人間というより神に等しい曾祖父が、いくらか身近に感じられた。

だが、そう思ったのもつかのま、私は話の先に恐怖を予感して伯父に寄り添った。髯のおじいさんにまつわる話は、たいてい怖かったからだ。

「怖い話なの？」

と、私は腕にすがりついて伯父を見上げた。

「怖いか怖くないかは、人の心が決めるものだ。聞きたくないのならよしにしておく」

聞きたい、と私は呟いた。

「見てきたように言うが、おばあさんから聞いた昔むかしの話だよ」

伯父はとつとつと、独りごつように語り始めた。

閑院宮《かんいんのみや》様の御殿に上がっていたイツが、行儀見習をおえて山に帰ったその晩の出来事だったという。

＊

年も押し詰まったたいそう寒い夜のことで、外には粉雪が舞っていた。囲炉裏《いろり》を囲んで箱膳の夕食を摂りながら、弟妹たちはイツに東京のみやげ話をせがんだ。

イツは女中奉公に出ていたわけではなかった。子供らは算《かぞ》えの十五になるといったん山を下り、宮家や華族の御屋敷に住みこんで厳しい躾《しつけ》をされた。男子はいわゆる書生であり、女子は行儀見習である。

遠からず同じ経験をする弟妹たちにせがまれれば、くたびれてはいても語らぬわけにはいかなかった。気の進まぬまま笑顔だけ繕って話していると、様子に気付いた父母が助け舟を出してくれた。

「帰りがあと一日遅れたら、雪の山道で往生するところだった。イツは心がけがよいから、大御神《おおみかみ》様が雪を待って下すったのだろう」

「姐様《あねさま》は疲れているのよ。話はあしたになさい」

弟妹たちはハイと答えたが、イツはその従順さが哀れに思えて、食事のあともしばらくみやげ話を語った。

日向和田の駅には迎えの下男が来ていた。御嶽山の麓までは馬車に乗れるが、その先はつづら折りの山道である。心がけがよいかどうかはともかく、運はよかったとイツは思った。

弟妹たちは銀座や浅草の様子を聞きたがったが、実は一年近くも東京に住まいながら、盛り場には行ったためしもなかった。

一番の思い出といえば、妃殿下のお供をして参内したことである。御所の奥深くのお内《な》儀《ぎ》まで通していただいた。おいとまするときには、御玄関までお出ましになった皇后陛下のお姿を、遠くから拝見した。

「おまえ、見てはならぬだろう」

と、父が驚いたように言った。

「いえ、お父《もう》さん。今は何でもかでも西洋流ですから、床や畳にかしこまることなどありません。御殿のお庭やお廊下で宮様と鉢合わせても、立ち止まって、こう、おつむを少し下げるだけでいいんです。お呼びがかかってお目もじするときなどは、俯いていたらかえって叱られます」

父は意外そうに、「ほう、そんなものか」と言った。

官幣大社の宮司という立場は、華族にも匹敵する貴顕にはちがいないのだが、山上で神に仕えるほかには世間とのかかわりを持たなかった。明治の世に変容を続ける国家は異界だった。

そうこう囲炉裏端で話しこんでいるうち、イツはふと人の声を聞いたような気がした。

おたのみもうします。

たしかにそう聞こえた。来客ならば玄関の木鐸《ぼくたく》を叩くはずであり、山上の人ならば勝手口から訪《おとな》いを入れるのだが、その声は雨戸を閉《た》てきった表廊下の外から聞こえたように思えた。

気付いたのは父とイツだけだった。二人は囲炉裏を挟んで顔を見合わせた。空耳か、と心を通わせて目をそらしたとたん、また聞こえた。

おたのみもうします。

父が立ち上がり、イツもあとに続いて居間を出た。「おや、どうかしましたか」と母が言った。

屋敷の大方は真の闇でも、大階段の昇り口には豆電球の常夜灯がともっていた。かそけき光だが真白な障子に映えれば、あんがいに明るい。

父は廊下の端の雨戸を一枚だけ開けた。雪がうっすらと庭先を被っていた。

おそるおそる覗き見て、イツは目を疑った。雪の中に大勢の兵隊が整列していた。一様に黒い外套《がいとう》を着て頭巾を冠っているが、軍帽には赤い帯が巻かれており、星章よりも大きな近衛兵の徽章《きしょう》が輝いていた。

さらに目を凝らせば、列の端には大荷物を担いだ何頭もの馬が、白い鼻息を吐いていた。サーベルを鳴らして将校が駆け寄ってきた。士官学校出らしい精悍な顔は、イツにも見憶えがあった。

「夜分、ご無礼いたします。近衛師団砲兵隊の芳賀《はが》少尉であります」

よほど面食らったのか、父は少しとまどってから答えた。

「やあ、これはこれは。何も伺ってはいないが、いったいどうなされましたか」

少尉はいかにも申しわけないというふうに、軍帽を脱いで坊主頭を下げた。

「実は本日、日の出山から御嶽山を経て養沢《ようざわ》に下るという機動演習を実施しましたところ、行方不明になった兵があり、今の今まで捜索をしておりました」

「何ですと」と、父は雨戸をもう一枚開いて、雪闇に目を凝らした。

「いかに戦時下とはいえ、話に無理がありましょう。身軽な歩兵ならともかく、砲車を曳《ひ》きながら一日で山越えをしようなど、無茶にもほどがある」

ロシアとの戦争は今がたけなわだった。難攻不落の二百三高地はようやく陥としたものの、戦死者のあまりの多さに世論は悲喜こもごもだった。

「こんばんは、少尉さん」

イツが挨拶をすると、芳賀少尉は形ばかりの笑顔を返してくれた。

かつてこのあたりの山地で砲兵の大演習があった。峰から峰へと山砲を曳き回し、陣地をあちこちにこしらえ、さすがに実弾こそ撃たなかったが、空砲は幾日も山々に轟き渡った。

そのとき芳賀少尉の砲兵隊が、屋敷を宿舎にしたのだった。五日にわたる演習中、将校と下士官は客間に起居したが、兵隊は門長屋と納屋に寝起きして、表と裏の門前には夜通しの不寝番《ふしんばん》も立った。兵隊さんは大変だと、しみじみ思い知ったものだった。

イツは芳賀少尉が好きになった。親の定めた許婚《いいなずけ》は顔も知らないけれど、こんな人だったらいいと思った。朝夕の食膳を客間に届けるのはイツの役目だった。ごはんをよそいながら、もうじき閑院宮様の御殿に上がるのだと告げると、少尉は飯を噴いて仰天した。鄙《ひな》の山里の神主が、そんなにも格式高いとは思ってもいなかったのだろう。

でも本当は行儀見習なんて行きたくはないんです、とイツは言った。親元から離れる不安もあったが、べつだん格別の学問を授かるわけでもなし、ただ千人同心の家から婿を取るために女の箔を付けるのだと思えば、それは本心だった。

芳賀少尉はやさしく諭してくれた。自分もついこの間までは見習士官だったのだ。人間、一丁前になるにはやはり見習というものをしなければならん。つらい思いもしようし、いじめられもしようが、いずれ人の上に立つのだから、それくらいの辛抱はなさい、と。

「ところで、御師様《おし》――」

芳賀少尉は雪の中に整列する部下たちをちらりと振り返ってから、いくらか声を潜めて言った。

「自分は、一夜の宿を乞うているわけではありません。山中を捜し回ったあげくにふと思いついたのであります。もしや御師様は、古市《ふるいち》一等卒を匿《かくま》ってはおられませんか」

聞いたとたんに父は、「ばかを言うな」と少尉を叱りつけた。

「畏《かし》くも陛下より御勅願を賜って、日本武尊《やまとたけるのみこと》に必勝祈願を奉っておる神職が、どうして脱走兵を匿ったりするものか」

イツは古市一等卒を知っていた。おしなべて体格のよい砲兵の中にあって、何かのまちがいじゃないかしらんと思えるほど、ひよわな感じのする兵隊だった。そのせいで厳しい演習では足手まといになるのだろうか、しばしば屋敷に取り残されて糧秣掛《りょうまつがかり》のような仕事をしていた。昼飯の弁当を背負子《しょいこ》にくりつけて部隊に届けるのも、新兵ではなくて古市一等卒の役目だった。

芳賀少尉は怯まずに言い返した。

「脱走とは申しておりません。古市一等卒は昨年の演習の折に、ご尊家にてよくしていただいたことが忘られず、この正月も里には帰らずにこちらでご厄介になったと聞いております。もしやこのたびも、里心がついてふらりと立ち寄ってしまったのではないかと考えました。まちがいならばご容赦下さい」

古市一等卒が正月の休暇に山を訪れたのはたしかだった。初詣の客で大忙しであったから、古市は演習のときと同様に門長屋に寝起きして、まめまめしく働いてくれたのだった。

何でも入営前には、新橋の仕出し屋にいたという話で、なるほど包丁さばきは玄人《くろうと》はだしだった。父はそんな古市に感心して、あなたは軍人に向いていないから、満期除隊したらうちにおいでなさい、とまで言った。

しかし古市はけなげな兵隊だった。ロシアといつことを構えるかわからぬこのときに、除隊後の身の振りようなど考えてはなりますまいと言い、父が心づくしの給金を渡そうとしても、自分は軍人ですから、と言って受け取ろうとはしなかった。

もともと影の薄い人であったので、憶えているとは言ってもはっきりと顔は思いうかばなかった。イツの胸の中の古市一等卒は、うしろ姿ばかりだった。砲兵らしからぬ小さな体に、弁当の面桶《めんつう》を山のようにくくりつけて、よろめくように遠ざかってゆく姿、あるいは砲兵隊のしんがりを、砲車の尻を押しながらついてゆく姿、そして正月の休暇をおえ、振り返り振り返りして参道を下ってゆく軍服のうしろ姿だった。

「しかし、少尉さん。まちがいも何も、この雪の晩に山で迷ったら命取りです。人を集めますので、もういっぺん捜しましょう」

いいえ、と芳賀少尉は否んだまま言葉に詰まった。

イツには事情が読めた。閑院宮様は現役の軍人にあらせられるから、御殿には供奉《ぐぶ》の将校や当番兵がいつも詰めていた。ほかにも大勢の近衛兵が御殿の警護をしていた。軍人たちには小娘など目に入らぬらしく、戦地の噂やら上官の悪口やらが、まるで鳥の囀《さえず》りのように聞こえてくるのだった。だからイツは、ロシアに対する宣戦布告も前もって知っていたし、乃木将軍が二百三高地攻めにひどい難渋をし、軍人たちから無能よばわりされていることも知っていた。

「おもうさん――」

イツは父の耳元に囁いた。たとえ声には出さなくとも、子供の時分から父とだけはふしぎと心が通じるのだった。

「大ごとにしてはならないの」

言葉にしたのはそれだけだったが、イツはうまくは言えぬ確信を、一塊りにして父に伝えた。父は目を瞑《つむ》った。イツの手渡した思いの塊りを、ていねいに掌《て》の中で開いてくれた。

芳賀少尉の砲兵隊は、もうじき戦地へと向かうのだろう。それを知ってか知らいでか、もし知っていたとしたら訓練の総仕上げのために、知らなかったとしたら逸《はや》る気持ちを抑えかねて、この山地演習に出た。

古市一等卒は怖気づいて脱走した。いや、もしかしたら落伍したのかもしれない。しかしとにもかくにも、住人たちの手を借りて山狩りなどしてはならなかった。

芳賀少尉からすれば、脱走兵として捕まるくらいなら、凍え死んでくれたほうがよかったのだろう。「大ごとにしてはならない」というのは、そうした意味である。

俯けていた顔をもたげて父は言った。

「少尉さんがさようおっしゃるなら、要らぬお節介はやめておきましょう」

その夜、砲兵隊は納屋と門長屋に分かれて寝た。芳賀少尉も下士官たちも、座敷に上がろうとはしなかった。

食事は携帯口糧を十分に持っているからと固辞し、火鉢も必要ないと言った。戦時下の兵隊さんは大したものだとイツは感心したが、また一方では、部下の失踪という大事件を抱えこんでしまった芳賀少尉が、つとめて地方人とのかかわり合いを避けているようにも思えた。

三頭の馬は門の下に繋がれた。従順だが屈強な、砲兵たちと同じ印象のある馬だった。背中にくくりつけられた砲身や車輪を解かれたとたん、よほど嬉しかったのか三頭が声を揃えて嘶《いなな》いた。

そして神の山に雪の降り積もる、深い夜がきた。

*

「おばあさんはヒゲのおじいさんから、おまえはもう寝なさい、何も見ず何も聞かなかったことにするのだよ、いいね、ときつく念を押されたそうだ」

目の前の夏の夕景が、心の中で雪降る庭に変わっていた。いったいどれくらい昔の話なのだろうか。私は柱も縁側も飴のように丸くなった表廊下を撫でた。長屋門は神社に向かって大扉《おおど》を開いていた。注連縄《しめなわ》に懸けつらなる紙垂《しで》が、いったい誰がいつ張り替えるものか下ろしたての純白を、たそがれの風にひらめかせていた。

「太平洋戦争じゃないよね」

「もっとずっと昔の、おじさんが生まれる前の戦争だよ」

「見えているのに見えてないなんて、できっこない」

伯父は答えに苦慮した。どんなひどいいたずらでも笑ってすます伯父だが、嘘や言いわけはけっして赦《ゆる》さなかった。むろん伯父がそう言ったわけではない。しかし曾祖父が祖母に命じ、なおかつ伯父の口から私に伝えられたその言いつけが、私には納得できなかった。血の繋がっている限り、曾祖父が私にそう命じたような気がしてならなかった。

「おばあさんは床に入ってもなかなか寝付けず、何べんもお便所に通ったそうだ――」

私は開け放たれた大広間を振り返った。百畳の広敷の端には、白木の神殿が鎮《しず》まっていた。

曾祖父は一晩中、灯明を立てた御神前《ごしんぜん》に座っていたという。小声で祓詞《はらえことば》を唱え続け、忍び太鼓をかすかに打ち、気合をこめて幣《みてぐら》を振った。キリスト教徒のように両掌を組んで、体をぐるぐると回したり腕を上げ下げしたりするのは、振魂《ふりたま》の法という鎮魂の術だった。

「ヒゲのおじいさんはとても立派な人だったから、かかわり合うなと言っておきながら、そうして一所懸命に行方しれずになった兵隊さんの無事を祈っているのだろうと、おばあさんは思ったそうだ」

やがてまんじりともせぬまま朝がきて、祖母が表廊下の雨戸を開けると、砲兵隊はすでに出発したあとだった。長屋門の大扉は開かれたまま、雪の上を神社に向かうたくさんの踏跡が徴《しる》されていた。

祖母はかじかんだ指先に息を吐きかけながら、見る間に白く被われてゆく軍靴の足跡や蹄の形や砲車の轍《わだち》を、ぼんやりと眺めた。それは雪のしわざではなくて、高天原《たかまがはら》から降り落ちたもう無数の小さな神々が、盲《めし》いよ聾《みみし》いよと祖母に命じているように思えた。

「そのままおばあさんは、何もかも忘れてしまった」

謎めいた言い方をして、伯父は話をいったん鎖《とざ》した。

私を仲間はずれにしてどこかで遊んでいたのだろうか、森の中からいとこたちの笑い声が近付いてきた。

霧が下りてくる前に、屋敷のぐるりを繞《めぐ》る廊下を走り回って雨戸を閉《た》てねばならなかった。

伯父に話の続きを聞いたのは、その夜のうちであったか翌《あく》る晩であったか、いずれにせよ夏休みも終わるころであったから、そう日を置いたはずはない。

私が続きをせがみ、伯父が「あれでしまいだよ」と笑って往《い》なすようなことが、いくどかあったようにも思う。

しかしどう考えても、話は尻切れとんぼだった。講社を泊めるための宿坊が、兵隊宿だった時代もある、というだけではあまりにもつまらない。つまらない話が祖母から伯父へ、伯父から私へと受け渡されるはずもなかった。

ましてや寓意性に富んだ童話の類いしか知らない私は、たとえばかぐや姫が月に帰ってしまうような、マッチ売りの少女がささやかな夢を見ながら凍え死んでしまうような、劇的な結末を待望していた。

古市一等卒は砲兵隊が帰ってしまった雪晴れの朝、山奥の谷底で遺体となって発見される——そんな結末は残酷すぎるから、伯父は話を鎖したのかとも思った。

あるいは、脱走した古市一等卒が実は屋敷に匿われており、砲兵隊が下山したあと着替えと旅費を与えられて無事に逃げおおせた——これはいかにも偉大な曾祖父に似合う筋書だが、犯罪に加担したことにちがいはないから、話の続きはためらわれたのかもしれぬ。

そうこう勝手な想像をしていると、いよいよ辛抱たまらなくなった。

伯父は話の先をせがむ私を袖にして、直会《なおらい》に出かけてしまった。直会というのは祭事ののちに神饌神酒《しんせんしんしゅ》をいただく儀式のことだが、酒場などあるはずもない山上で、神官たちが示し合わせて酒を酌む際もそう呼ぶのである。

帰ってくるまで起きてるからね、と言って伯父を送り出した。

床に就いても目を閉じぬようにした。枕を並べるいとこたちはじきに寝入ってしまった。とうとう耐え難くなったので、顔を洗いに立った。好奇心というよりも意地である。床に戻れば寝てしまうと思ったので、大階段を下りて表廊下の雨戸をそっと開け、星降る夜更けの庭に出た。

太古の杉に鎧《よろ》われた山顚《さんてん》は、月を眺める場所がない。そのかわり屋敷の真上には、井戸を逆さに見上げるような円い夜空が豁《ひら》けていた。星ぼしは天の水面《みなも》に溢れていた。

門の潜り戸を開けて屋敷の外に出た。神社に続く小径《こみち》は星あかりに照らされていた。長屋門の大屋根が、きっぱりと影を落とすほどの明るさだった。行くえしれずになった兵隊の話の結末を、あれこれ想像したのはそのときかもしれない。

話の続きがいくつもでき上がったころ、小径の先に提灯《ちょうちん》の火が見えた。伯父が帰ってきた。

門前の私に気付くと、伯父は古い軍歌を呑みこんで、ヤ、と声を上げた。まさかよもやの「ヤ」は、じきに「ヤレヤレ」に変わった。

提灯の上あかりに顔を載せて、「約束だよ」と私は言った。「何の約束だ」と伯父は空とぼけた。

「兵隊さんの話さ」

伯父は白勝ちの着物に兵児帯《へこおび》を締めており、私の寝巻も浴衣だった。

「ええと、何の話だったか」

「いなくなった兵隊さんの話だよ」

伯父は酒豪だったが、酔うほどに陽気になるいい酒だった。私はその酒癖を承知していたのかもしれない。

はたして伯父は、観念したように私の手を取って門を潜り、青白い夏の夜の庭を横切って、沓脱石《くつぬぎいし》に腰を下ろした。

＊

イツは翌る年の春に、親の定めた許婚と結納をかわした。

対面したのはそのときが初めてだった。写真もなく、たがいの顔はまるで知らなかった。ただ、由緒正しき旧家の子息であり、洩れ聞く噂話などから、武張った男を想像していた。ところがいざ面と向かってみると、あんがいのことにほっそりと痩せて背の高い、やさしげな好青年であった。笑顔には稚気さえ感じられた。

婿は婿で、山上の神主の娘だというから、垢抜けぬ猿のような女を覚悟していたらしい。

結納の品々を挟んで向き合ったとたん、二人は挨拶も忘れてしばらく見つめ合った。

祝言を七月の吉日と定めたのは、遅くともそのころには戦争も終わっているだろうと思えたからだった。二百三高地がついに陥落し、正月早々に旅順が開城され、そののちも奉天大会戦だの日本海海戦だのと、捷報《しょうほう》がうち続いていた。

ならばいっそのこと、祝言の前に婿を屋敷に迎えて、神職の修行を始めさせたほうがよかろうという話になった。そもそも双方の家にとっては願ってもない良縁であったし、何よりも当人どうしが相手の意外な美男美女ぶりに心奪われていたから、誰にも異論はなかった。

参道の中途まで見送ったとき、振り返りもせずに小さくなってゆくうしろ姿を見つめながら、本当に戻ってきてくれるのだろうか、このまま話が水になるのではなかろうかと、イツは不安になった。

思いをつのらせていたせいか、数日を経ずして婿が現れたときには、二つ三つも大人に見えたものだった。

七月の祝言が日延べになったのは、誰のせいでもない。戦争が終わらなかったのだ。必勝祈願の功徳が顕《あら》われぬうちに、婿取りの慶事でもあるまい。

ようやく講和が成り、日露戦争が終結したのは九月の初めであった。戦勝の気分も相俟《あいま》って、祝言は華やかだった。

行儀見習に上がっていた閑院宮家からは使者が差遣され、祝儀の白羽二重《しろはぶたえ》のほかに、妃殿下の御祝辞まで添えられた。行儀見習という名の花嫁修業は、そんなふうにして締めくくられたのだった。

一方の婿の家は、江戸の甲州口を護る千人同心の家柄ということで、こちらも旧幕府の旗本だの御家人だのと称する人々が、大挙して参列した。

本を正せば旧家の見栄の張り合いにすぎぬのだが、見栄でも意地でも張らぬことには、旧家の存在意義が殆《あやぶ》まれる時代になっていた。

祝言の宴は二日にわたった。大広間の御神前に夫婦がかしこまり、東に向かって何列にも祝膳が並べられた。つまり夫婦は物言わぬ雛飾りで、数百の客が入れ替わってゆくのである。玄関には抱稲《だきいね》の家紋を染めた幔幕が張られ、参会者は受付に祝儀を置いてから大広間に通る。夫婦と親に挨拶をしたきり帰ってしまうお義理の客もあれば、長々と居座って酔い潰れる人もあった。

見栄の張り合いであるうえ、講社講中《こうじゅう》は関東一円に散在しているから、ほとんどが見知らぬ顔だった。

夫が懇《ねんご》ろに語り合っていたので、去ったあとに「どなたですか」と聞けば、「知らない」と答える。そうこうするうち、やはり知らない顔が懇ろに語りかけてくるから、イツも粗相のないようお愛想を返す。去ったあとで夫が「どなたかな」と聞くので、「知りません」と答える。しまいにはたがいの生真面目さがばかばかしくておかしくて、笑いをこらえるのに懸命だった。

この人とは気が合うみたいだ、とイツは思った。祝言までは婿という扱いではなく、父の弟子とされていたから、むろん寝間は別であったし、二人きりで語り合うこともなかった。

髷《まげ》を俯けて笑いを噛み潰していると、夫は訝《いぶか》るでもなく、そっと指先で尻をつつく。夫が噴き出しそうなときはお返しである。

招かれざる客が目の前に現れたのは、そんなときだった。

宴もようようしまいにかかろうという、二日目の夕昏どきである。開け放たれた裏廊下の先には、戦勝に沸く大東京の灯がちらほらと瞬き始めていた。

見知らぬ顔と長い挨拶をかわし合ったあと、その背中のうしろから唐突に、これはたしかに見憶えのある小柄な男が、ずいと膝を進めてきた。

「このたびは、おめでとうございます」

イツは息をつめた。紋付袴の正装で、髪も中分けになでつけていたから、とっさにはそうとわからなかったのだが、古市一等卒にちがいなかった。

大広間の喧噪が遠ざかり、御神前の灯明を残して光も落ちたような気がした。

「かたじけのうございます。わざわざご足労いただき、申しわけございません。今後ともよろしゅうお引き回し下さいまし」

おしきせの返答は震えてしまった。顔を上げることもできずに、早く消えてくれと胸に念じた。

ところが、古市は消えるどころか袴の膝を滑らせて、夫の前にかしこまった。

「このたびは、おめでとうございます」

夫は応答した。イツが頭を下げたままであったから、よほど義理ある人だと思ったのであろう、夫の言葉は懇切だった。

見えている。聞こえている。死者の魂魄《こんぱく》ではないと知って胸をなでおろしたが、それはそれでまた得体の知れぬ恐怖が迫った。

古市は宴の席につこうとはせずに、すうっと酔客に紛れて消えてしまった。

「どなたかな」と夫が訊ねた。顚末を語るわけにはいかないので、「せんにお台所を手伝って下さった板前さん」とだけ答えた。嘘にはあたらない。

多くを語らぬかわり、イツは訊ねた。

「見えましたか」
エ、と驚いてから、洒脱な冗談と思ったらしく夫は笑った。
「そりゃあ、見えたとも。見えぬ人にご挨拶はできないよ」

もしや夫は、幾月かの厳しい修行の間に、見えざるものを見る験力《げんりき》を得たのではあるまいか、とイツは疑ったのだった。

修験道と深くかかわる御嶽山の神主は、滝に打たれたり峰々を奥駆けしたり、岩屋に籠《こも》って木食《もくじき》をしなければならない。まして先達は、験力を感得している父なのである。

二人は白無垢の行者のなりで暗いうちに屋敷を出発し、日の昏れるころにくたびれ果てて帰ってきた。どうかすると幾日も戻らずに、家族が気を揉むこともあった。

イツは悲しくなった。父と自分がしばしば迷いこむ神秘の世界を、夫と二人してさすらいたくはなかった。

すがる思いで父を探したが、接客に疲れたのであろうか姿は見当たらなかった。

「おもうさん。ちょっとお話が――」

二日にわたる祝宴がお開きとなり、家族が遅い夕飯をおえたころあいを見計らって、イツは父に声をかけた。きょうの一件をはっきりさせておかなければ、新床に就く気にはなれなかった。

御神前で父と差し向かいに座った。イツは忌憚なく訊ねた。

「おまえはどうして、あの人が死んでいると決めつけるのだ」

聞くだけを聞いたあとで、父は腕組みをしてそう言った。

「だって、おもうさん。脱走兵は銃殺されるのでしょう。いえ、捕まるよりも、あの晩のうちに雪の中で凍え死んでしまったにちがいありません」

それからイツは、夫にも古市一等卒の姿が見えていた、と恨みがましい口調で言った。夫が験力など備えてほしくはなく、お狐払いだの家伝の鎮魂術などは、父を限りに絶やしてほしかった。

「あいにくだが、あれにそのような力はないよ。験力は生まれつき授かっているもので、修行を重ねてどうこうなるわけではない」

「だったら、どうしてつらい修行をなさるのでしょうか」

「山に近付き、草木に親しみ、心身を鍛えるためだ」

何を言いためらっているのだろう。イツの詮索を遮るように、父は固く心を封じていた。

「古市さんは達者にしておいでだ。戦地ではずいぶんご苦労をなさったらしいが、名誉の負傷も本復して、祝言に駆けつけて下さったのだよ。何のふしぎのあるものかね」

イツはそれこそ狐が落ちでもしたように、縛《いまし》めを解かれた気がした。そう考えればたしかに、ふしぎは何もなかった。

「軍隊はおやめになったのでしょうか」

中分けに撫でつけた髪は、地方人の証《あかし》だった。

「満期除隊となったそうだが、戦地で右腕をやられたので、包丁は握れぬらしい」

「だったら、うちでお雇いになって下さいまし。包丁は持てなくたって、ほかに仕事はいくらでもあります」

「いや」と、父は理由を言わずに拒んだ。心がいっそう頑なになった気がした。

「どうしてでしょうか。お国のために働いてそうなったのだったら、せめて面倒を見るのがご神意にかなうというものではございませんか」

「いや」

「わけをお聞かせ下さいまし」

イツは詰め寄った。軍隊が思いのほか寛容であったのか、それとも芳賀少尉が骨を折ったのかはわからない。ともかく古市一等卒は罪を問われずに戦地へと向かい、汚名返上の働きをした末に傷を蒙ったのだ。

「いや」

「わたくしは了簡できません。おもうさんを見損なってしまいます」

父は蓋を被《き》せた心をほんの少し開いて、怖いことを言った。

「あの人は穢《けが》れている。山に住まわせるわけにはいかない」

その夜イツは、夫と手を繋いで眠った。妻が塞ぎこんでいるのは、新床の気構えができていないからだと思ったらしく、夫はけっして無理強いをしなかった。やさしい気配りにもまして、夫が人の心など読めぬ当たり前の人間であることが、イツは嬉しかった。

古市一等卒は穢れている、と父は言った。それは戦塵にまみれて汚れてしまったという意味なのだろうか。あるいはよほどの前線に出て、ロシア兵を殺したのだろうか。

だがいずれにしろ、それは天皇陛下のご命令によるのだから、神様に仕える父が穢れとする理由はなかった。

ならばいったい、何が穢れているのだと思うと、怖くてたまらなかった。

父とイツは声に出さずに心を通わすことができるのだが、心に壁を立てられるのは父だけだった。

新妻のおののきを感じたのだろうか、夫は夢うつつに手枕をさし入れて、そっと肩を抱き寄せてくれた。

翌る朝早く、古市は再び屋敷を訪れた。

きのうはよその宿坊に泊まり、これから下山するのだが、みなさんに挨拶もできなかったので帰りがてら立ち寄ったということだった。

風呂敷包みを結わえつけた蝙蝠傘《こうもりがさ》が式台に立てかけられていた。紋付袴には似合わぬ鳥打帽を左手で脱いで、きっかりと腰を折り、古市は兵隊ッ気の抜けぬお辞儀をした。きのうは動顚していて気付かなかったが、たしかにその右手は力なくちぢこまっていた。

だが、もう怖くはなかった。古市が幽霊などでないのは瞭《あきら》かだし、穢れどころか傷つきながらも生還した強運と勇士の栄光とが、その小柄な体を燦々《さんさん》と隈取っているように思われた。

父も母も、古市を屋敷に招き入れようとはしなかった。九月のなかばだというのに、ひんやりとした秋風が立って、気の早い楓の葉が式台に散り落ちていた。つい幾日か前まで鳴いていた法師蟬も蜩も、みな死んでしまったらしい。

この人は頼ってきたのだ、とイツは思った。利き手の力を喪ってしまえば、包丁を握るどころかまともな職にも就けまい。そこで祝儀にこと寄せて山を訪れ、父の情けにすがろうとした。

たぶん、きのう宴の雑踏のどこかで古市は父に懇願し、父は拒否したのだろう。イツに同じことを頼まれても、まさか厄介者よばわりはできぬから、父は「穢れ」などという曖昧な言葉を使ったにちがいなかった。

イツは怒りを覚えた。御師様と呼ばれ敬されてはいても、つまるところは凡俗の薄情者だと思った。藁にもすがるつもりで二度訪れた古市の胸のうちを百も承知していながら、まったく穢らわしいもののように玄関払いを食わせようというのだ。

式台の上と下に佇んだまま、父と古市はまるで意地を張り合うように語り合った。

「それにしても、あなたは運がお強い。たったひとり生き残られたとは」

イツはギョッとして、父のうしろに控える母の腕を引いた。

「たったひとり、って――」

母が袖をからげて囁き返した。

「みなさん、戦死なされたんですよ」

思わず顔を被った。みなさん、と母が言うからには、芳賀少尉をはじめとする砲兵隊をさしているにちがいなかった。

問わず語りに古市は続けた。

「敵の着弾が接近してきたので、砲座を変換しようとした矢先でした。野砲の一門が砂を嚙んでしまって動かぬから、みんなして集まって押し引きしているところに直撃弾です。そのうえ、陣地には榴散弾が山のように積んであったからたまりません」

話の先を継ごうとして、古市は俯いてしまった。それから不自由な右手をさすって、

「運が強いのでしょうか」と呟いた。

イツはたまらなくなって、「おもうさん」と父をせかした。ここまで泣きを入れさせておきながら、情けをかけようとしない父を諫めたつもりだった。

「お黙んなさい」

父は振り向きもせずにイツを叱りつけた。打擲《ちょうちゃく》されたように背筋が伸びたが、怯まずに言い返した。

「芳賀少尉さんは古市さんを見捨てなかったのに、おもうさんは知らんぷりをなさるのですか。とうていご神意にかなうとは思われません」

いつの間にやってきたのか、夫が這うようにイツの袖を摑んで、「こらこら、たいがいになさい」と小声で叱った。

父はようやく式台にかしこまり、懐から畳紙《たとう》にくるんだ餞別《せんべつ》を取り出して古市に手渡した。

「お引き取りねがいたい」

冷ややかな声であった。まるで、きのう古市が持参した祝儀を、そのまま突き返すようだった。そこでイツは、先ほどの「お黙んなさい」という厳しい叱責が、自分にではなく古市に向けられたものであると知った。父の様子は尋常を欠いていた。

「そんなつもりではなかったのですが」

「いや、当家にも他意はございません。言を翻すようで心苦しいが、当家には当家の事情があります」

餞別を握ったまま古市はしおたれてしまった。

「娘は了簡できぬようなので、も少し話し合っていただきたい」

まるで放り出すようにそう言い、父は母を従えて玄関から立ち去ってしまった。イツには父の真意がわからなかった。

父の去った式台に進み出る気にはなれず、イツは何間も離れた上がりかまちから哀れな古市を見つめた。

「おもうさんに口応えをしてはいけないよ」

夫がイツの背をさすってくれた。その当たり前の、凡俑なやさしさに触れたとたん、イツは気付いたのだった。

父の言った「穢れ」が何であるか。すると古市の体を被っていた強運と栄光とが、たちまち濡れた革衣でも着せたように、黒く翳《かげ》った。

「砲兵隊のみなさんは、いつどこで戦死なさったのですか」

おやめなさい、と夫が言った。思い出したくもないことを訊いたりするものじゃないよ、と。

古市は顔を歪めて答えた。

「昨年の十二月二十七日であります。何としてでも年内に二百三高地を陥とすということで、砲兵隊は二龍山《にりゆうざん》の真下まで進出したのです」

一万五千四百人の日本兵が虫けらのように殺されたあと、ロシア軍がついに白旗を掲げたのは翌る一月元旦であった。

イツは目を瞑った。年の瀬の雪降る庭に、疲れ果てながら整然と並んでいた兵隊たちの姿が思い出された。

「横なぐりのひどい吹雪でしたが、それでも歩兵は突撃するので、砲をつるべ撃ちにしなければならず――」

古市一等卒は脱走兵などではなく、訓練中に落伍したわけでもなかった。いや、近衛砲兵隊はあのときすでに、吹雪の戦場で全滅していたのだ。

「自分は非力なので、砲座を変換するとき小隊長に命ぜられて、弾薬を運んでいたのであります。強運でも何でもないのです。足手まといだから、弾薬箱を抱えて陣地の外に出ていたのです。働き者がみな死んで、役立たずひとりが生き残っちまって――」

古市は鳥打帽を顔に当てて、わんわんと泣いた。

あの夜の出来事は口に出せない。いっぺんに死んでしまった芳賀少尉と三十人の砲兵さんが、姿の見えぬあなたひとりを捜していた、なんて。

これを穢れと呼んでよいものだろうか。おそらく父は、あまりにも瞭かな霊異に畏《おそ》れおののき、触れるなかかわるなとイツを諭したのであろう。ならば一言で穢れとするのが、最も適切にちがいない。父には二度と抗うまい、とイツは思った。

「もう、およしなさい」

夫がどちらに言うでもなく、穏やかに二人を宥めた。

「神様がね」

そう口にしたとたん、イツはありがたさに涙をこぼした。日本武尊は戦争を勝利に導いて下さったばかりか、異国の土となった兵隊たちの魂を、御嶽山のお社に喚び集めて下すったと思ったからだった。

「神様が、どうしたのだ」

「いえ、何でもありません」

見えざるものを見、聞こえざる声を聞く父や自分よりも、心やさしいこの人こそ神職にふさわしい。きっと夫は、神に希《のぞ》まれたのだと思った。

ふと顔を上げると、風に舞い落ちるくれないの楓の中を、よろめくように去ってゆく古市のうしろ姿が見えた。

苔むした檜皮葺《ひわだぶき》の裏門を抜けるとき、鳥打帽が脱げずに少しだけ首をかしげ、けっして二百三高地の生き残りには思えぬ閑《のど》かなお辞儀をした。

＊

今さらアメリカ兵を憎んでいるわけではない、と伯父は話のしまいに言った。

「見世物にされたり、記念写真に撮られたりするのはいただけない」

「神社とまちがえてるんだよ、きっと」

いつの間にか提灯の火は消えて、星あかりが沓脱石の先に、屋敷の軒をきっぱりと截《た》ち落としていた。

「神様は神社にお籠りになっているわけではない。御嶽山は神様のお山だから、どこにでもいらっしゃる」

「ここにも」

「そうだよ、神様のお山ではしゃいだり、面白半分に写真を撮ったりしてはいけないんだ」

祖父母は八人の子があった。だがその子らの数は訊ねる人によっては十一人になったり十三人になったりしたから、無事に育った子供が八人という意味なのだろう。伯父と私の母は十五歳も齢が離れていた。

おまえのおばあさんは子供を産みすぎて命を縮めてしまったのよ、と母は口癖のように言った。それは二人の子供すら満足に食わせられない自分を恥じているようでもあり、また幼い子供を残して死んでしまった自分の母を、恨んでいるようにも聞こえた。

屋敷が兵隊宿であったなど、母から聞いたためしはなかった。ひどい負け戦をして、軍隊もなくなってしまったから、そんな話も禁忌となったのだろうか。そう考えれば、米兵に対する伯父の感情も納得がゆく。少くとも、神の山だという説明よりも。

私たちは円い夜空に溢れる星ぼしを見上げた。兵隊さんは星になったのだろうかと考えるそばから、伯父は私の心に答えてくれた。

「べつに兵隊ではなくたって、死ねばみな神様になる」

母を苦しめる人々の顔が胸にうかんで、それは不公平な話だと私は思った。

星降る庭はいっそう青ざめ、一面の雪景色を彷彿させた。

「寒かったろうね」

兵隊は靴も脱がずに、門長屋や納屋の土間で眠ったのだと伯父は言っていた。戦争は私の想像を超えているが、山上の寒さは知っていた。湯上がりの濡れ手拭を庭で振り回すと、たちまち棒切れになる。

しばらく物思うふうをしてから、伯父はぽつりと呟いた。

「北支はもっと寒かったよ」

「二百三高地は」

「さあな。たぶん、もっともっと寒かったろう」

秋虫の集《すだ》き始めた庭に腰を下ろしたまま、伯父と私はぼんやりと夜空を仰いだ。

天狗《てんぐ》の嫁

宴もたけなわのころ、ふいに屋敷中の光という光が消えた。

愕《おどろ》きの声が上がったのはほんの一瞬で、闇に呑みこまれた人々は長いこと何も語らず、身じろぎすらしなかった。

客間ならば柱伝いに手探りをして人を呼ぶこともできるけれど、百畳余りの大広間ではじっとしているほかはない。まして大盤振る舞いの宴席は、幼い私の膝前にも豪勢な二の膳三の膳が据えられていた。

山々のどよめきが耳に迫った。密生する千年の杉や檜《ひのき》が枝を鬩《せめ》ぎ合い、幹をしならせる音である。それは都会育ちの私が日ごろ馴れ合っている喧噪とはまるでちがう、天然の騒擾《そうじょう》だった。

大丈夫だよね、と私は母の腕にしがみついて訊ねた。

「怖がらなくていいのよ。御嶽山《みたけさん》の神様が天狗《てんぐ》なんぞに負けるはずはないの」

霊山の神官の家に生まれ育った母は、どことなく浮世ばなれしていて、何か物を訊ねたときの返答にしても、いちいち物語めいていた。

人々がやっと語らい始めた。

——この台風は並じゃあないらしい。

——よりにもよって、こんな山の上にいるとはなあ。

——避難するにしたって、逃げ場はありませんや。

そんな不穏な会話が耳に入ると、私は生きた心地がしなくなった。この暗闇の中で、風に吹き飛ばされるか山崩れに呑まれるかして、わけもわからずに死んでしまうのだろうと思った。

正確な気象情報などはもたらされぬ時代の話である。台風が来るらしいと聞けば、いくらか面白半分に雨戸に釘を打ちつけたり、ガラス窓に板囲いをしたものだったが、幸いそうした準備が功を奏するほどの嵐を私は知らなかった。

闇の彼方の上座から父の声がした。

「まあまあ、これも座興じゃあないか。この屋敷は百年も前からここに建っていて、関東大震災のときだってビクともしなかったらしいから、心配はいらないよ」

いつも夢見ごこちの母とはうらはらに、父はかたときも金勘定を忘れたことのない現実主義者だった。少くとも「神様が天狗に負けるはずはない」などというよりも、父の声は私を安心させた。

光が届けられた。広い屋敷の台所のほうから、女たちが一列になって、長い脚の付いた燭台《しょくだい》をしずしずと運んできたのだった。いったいにこの神坐《かみいま》す山には、性急な人の動きというものがなかった。神官や巫女《みこ》たちの祭事の所作が、そのまま人々の物言い物腰となっていた。

私と母の前に燭台を据えたのは、少女のように小柄な伯母だった。母のすぐ上の姉であるその人は、カムロというふしぎな名前を持っていて、いつどこで見かけても体の向こう側の景色が透けていた。

ありがとう、ねえさん、と母は頭を下げた。

長幼の序にやかましい旧家に育って、虚弱なゆえに婚期を逸した姉を、母はことさら気遣っていた。私がいとこたちの口ぶりを真似て「カムちゃん」と呼びでもしようものなら、「カムロおばちゃんと言いなさい」と母に叱られた。

漢字では「学文路」と書くのだが、実は女神の尊称である「神漏美《かむろみ》」に拠ると言われていた。

ひと通り燭台が立てられると、山のどよめきなど聞こえぬふうに、また酒盛りが始まった。


戦地から命からがら復員した父は、新宿の闇市を足がかりとしてのし上がった。詳しいいきさつは知らないが、若い時分には立川の米軍キャンプに出入りしていたというから、その帰りがてら奥多摩に足を延ばして、宿坊の娘を見初めたのだろう。そののちいくども通いつめ、しまいには駆け落ちして所帯を持った。しかし商才に長けていた父は、ほどなく事業を成功させて、私が物心ついた時分には何十人もの従業員を抱える写真機材問屋を営んでいた。

余裕のできた父は、しばしば自家用車や営業車を列ねて御嶽神社を詣で、大枚の寄進をした。のみならず、みずから世話人となって講社まで結成した。

他人に頭を下げることの嫌いな人であったから、金に飽かせてそんなふうに、駆け落ちの決着をつけたのだろう。ともかくその時代にしか存在しえない、横紙破りの男だった。

その日も父は大型台風の接近など物ともせず、かねてからの予定通りに大勢の社員を従えて山に登ったのである。

私には前後の記憶がない。しかし、五千人あまりもの犠牲者を出した伊勢湾台風の晩であるから、一九五九年・昭和三十四年九月二十六日か七日という特定はできる。だとすると私は七歳、母は三十、父は三十三であったことになる。

神田美土代《みとしろ》町の電車通りに本社ビルを建て、新宿の三越の並びには小売店舗もあった。ほんの十年ばかりの間に、闇市のブローカーが店を構え、卸問屋にまで出世したのである。

戦後復興期の需要がもたらした繁栄であったにせよ、軍隊毛布一枚を貰って復員してきた父には、わがことながら信じられぬ飛躍であったはずで、もしやこれは御嶽神社の冥加かと思ったかもしれない。

それで御礼参りを始めた、というほうが理に適っているように思える。かつて結婚に大反対した祖父が亡くなり、やはり軍隊から復員した伯父の代になったのをしおに、冥加を蒙ったかもしれぬ嫁の実家との、関係修復を始めた、というところであろうか。

若い社長と若い社員たちはまさしく騎虎の勢いで、迫りくる台風など物ともせず御嶽山に登った。あるいはあんがい、台風の規模などは知らなかったとも思える。

山道で難行した記憶はないから、ケーブルカーは動いていたのだろう。ともあれ宵の大広間で宴会が始まったときには、天狗の仕業かと思える暴風雨が襲来していた。

ほの暗い宴のさなかにまたカムロ伯母がやってきて、「風が強うございますから、お風呂はよしにさせていただきます」と言った。

そのときの伯母の紬《つむぎ》の後ろ背には、ふしぎな威厳があって、居並ぶ男たちはみな冗談のひとつも思いつかず、まるで神の依代《よりしろ》となった巫女の口から託宣でも授けられたように、「はい」と声を揃えた。


巫女といえば、そののち中学に上がったころ一度だけ、巫女の装束を着て神社に上がる伯母の姿を見たことがある。

何かの祭事の折に若い巫女の具合が悪くなり、ほかに適当な少女がいなかったのか、昔とった杵柄だなどと言われて、伯母がいやいや代役に立つこととなった。

若い巫女に月の障りでも訪れたのであろうか。そうした体の変調は穢《けが》れとされており、本来の巫女の条件は女性の証《あかし》を見る前の少女でなければならなかった。

嵐の晩の出来事よりも何年も後の話だから、伯母は四十にもなっていたと思う。「いい齢をしてみっともない」と伯母は拒んだが、祭事は迫っているとみえてしぶしぶ承諾した。

婚期を逸してしまった伯母は、小さい体をよけい小さくして宿坊の家業に勤《いそし》んでいた。いつの時代のものかもわからぬ地味な紬を着て、どうかすると忙しいときには、絣《かすり》のもんぺをはいていることもあった。

沐浴をして装束を身につけ、御神前《ごしんぜん》でお祓《はら》いをすませた伯母が表廊下に出てきたとき、わが目を疑った。

山上の巫女は少年たちの憧れであったが、噂に上る少女などとは較べようもないくらい、伯母は美しく愛らしかった。

人形のような顔に紅をさし、眉を引いただけなのに、それこそ太古の神漏美命《かむろみのみこと》の化身としか思えぬほど神々しかった。長い黒髪をおすべらかしに垂らし、衣は雪のように白く、袴は燃え立つばかりに緋《あか》かった。

「すまないけど、神社まで手を引いておくれ」

伯母は私を眩《まば》ゆげに見つめながら言った。

「メガネは？」

「傍目《はため》があるじゃないか」

ひどい近視眼の伯母は、風呂に入るときでさえ眼鏡をかけていた。それはまるで虫眼鏡のように分厚くて、伯母の表情をわからなくさせるどころか、稀有な容貌を乗っ取っていたのだった。

巫女のなりをして眼鏡をかけるのは恥ずかしく、裸眼では足元も覚束ない。そこでたまたま居合わせた甥に介添を頼んだのである。

こっちこそ恥ずかしいとは思っても、そうとは口にできぬ男の矜持のせいで、伯母の言いつけを拒むことはできなかった。

伯母の掌を握って長屋門を抜け、神社へと続く杉木立の坂道を登った。伯母は前のめりに体を丸めて、見えぬものを見究めようとするように歩んだ。そして人目のある参道に出ると、片方の袖を掲げて顔を隠した。鳥居前の広場では声をかけてくる人もあったが、伯母は会釈だけを返して通り過ぎた。

大鳥居を抜けると、幅の広い石段が随神門へと続く。講社の団体客がきまって集合写真を撮る場所だった。そのあたりで、伯母は早くも息を上げてしまった。

朱色に塗られた随神門の両翼には、左大臣と右大臣の神像が鎮《しず》まって、眼下に豁《ひら》ける関東平野を見つめていた。

「ちょっと休ませて」

伯母は喘ぎながら言い、朱色の壁に背を預けた。山頂の社殿は遥かだった。

屋敷を出てからずっと、ふしぎな錯覚に捉われていた。その人が伯母ではなく、いくつか齢下のいとこのように思えた。たしかな人数さえわからぬほど多くのいとこやはとこたちは、旧家の純血を守るためにしばしば夫婦になった。

随神門の朱い壁に身を任せて佇んでいる美しい巫女が、いつか私の妻になる人のような気がした。

息が整うと、伯母はふいに見えざる木立ちを眩ゆげに見上げて言った。

「ここで天狗様に攫《さら》われたのよ」

意味がわからずに伯母の表情を窺った。冗談など言う人ではなかった。

「六つのときに、この随神門の下でね」

伯母の声は今際《いまわ》の人のように切れぎれだった。

「神社の宿直《とのい》のお父《もう》さんにお弁当を届けた帰り途に、御坂《みさか》の霧がふいに霽《は》れたと思うと、ひどい吹き降りになったの。それで、ここに駆けこんで雨宿りをしていたら——」

森の中から天狗が現れたのだ、と伯母は言った。それは修験のなりをした雲をつくような大天狗で、呪文を唱えながら印を結ばれたとたん、金縛りにかかってしまった。

「天狗様の懐に入って空を飛んだのよ。般若心経が気持ちよくて、ちっとも怖くなかったの」

その話は母から聞いた憶えがあったのだが、あまりにも荒唐無稽なので心にはとどまらなかった。いったいに私の母は、真実と虚構とをないまぜに語る人だった。

母の話によると、幼い子供が行方しれずになったというので山は大騒ぎになり、総出で捜し回ったのだが足跡すら見つからなかった。ただ、随神門の裏に赤い鼻緒の下駄の片方が落ちていただけだった。もしや神隠しならば、返して下さるよう神様にお頼みしなければなるまいなどと、神官たちが相談していたところ、三日目の晩にひょっこりと、まるで分教場からいくらか遅くなって帰宅でもしたくらいに何ごともなく、伯母が帰ってきたのだった。

「ほんとに何も憶えてないの?」

と、母の話を思い出した私は、改めて伯母に訊ねた。

「気がついたらここに立ってたの。ああ、ぼうっとして夢でも見てたんだな、って思っただけ」

屋敷に帰った伯母は、三日をどこでどうしていたかと首をかしげるほど身ぎれいで、少くとも山中をさまよっていなかったことだけはたしかだった。ならばどこかで厄介になっていたのかと考えても、山上には神官の屋敷が三十ばかり、みやげ物屋や使用人たちの家を合わせてもせいぜい五十かそこいらで、大騒動が聞こえなかったはずはない。

唯一の手がかりと思しきは、伯母の履いていた下駄だった。随神門に落ちていた下駄のかわりに、伯母は白い鼻緒の、下ろしたてと見える大人の桐下駄を履いて帰ってきたのだった。しかし祖父母がその下駄を持ってあちこち訊ね回っても、思い当たる人はいなかった。

そこで、これはやはり本人の言う通り天狗の仕業にちがいない、ということになった。祖父は神社に上がって下駄をお焚き上げし、わが子を返してくれた感謝をして、一件は落着した。

母から聞かされた話の大要はそのようなものだった。

「こんなところで油を売ってちゃいけないね」

伯母は私の手を探ってたぐり寄せ、随神門の下から歩み出した。

巫女の到着を待ち切れずに祭事が始まったのか、遥かな石段を覆い隠した霧の向こう側から、忍ぶような御太鼓の音が聞こえてきた。

伯母の手ざわりは、少し小さいけれど母の掌によく似ていた。

ところで、嵐の夜は燭台と懐中電灯の光の中で更けていった。

雨風はつのるばかりで、薪《まき》を焚いて風呂を沸かすなどもってのほかである。宴は早々にお開きとなり、それぞれが客間へと引き揚げた。

大広間から出ると、ぐるりを繞《めぐ》る表廊下の雨戸が風に撓《たわ》んでいた。飛ばされてきた木の枝やら礫《つぶて》やらがぶつかり、屋敷はまるで攻め手に取り巻かれてでもいるようだった。

大階段を昇った二階には半間幅の廊下が通っており、障子と襖《ふすま》に隔てられた客間が両側に並んでいた。そもそもが講社講中《こうじゅう》の参拝客を泊める宿坊であるから、余分な仕切り壁などはなくて、襖や障子をはずせば二階にもうひとつの大広間ができるのである。

登山客や観光客も増えたので、眺望のよい東側に棟をつないで新館と称したのはそのころだった。そうなると今さら宿坊でもあるまいから、民宿の看板を掲げたのだが、三多摩地方で随一の建坪を誇ると言われた巨大な屋敷は、いかにも民宿の名にそぐわなかった。

その夜、母と私は古い母屋の客間を使い、父は新館の先端にある、テラスの付いた部屋で寝た。

偏屈な人であったのか、父は家でも旅先でも家族と同室することがなかった。

闇の廊下で父と別れるとき、私は丹前の袂《たもと》を引いて「一緒に寝ようよ」と言った。嵐の夜の心細さもあったけれど、東に張り出した新館が殆《あやう》いものに思えたからだった。テラスの下は急峻な崖で、大宮司の屋敷の茅葺屋根を足元に俯瞰した。神官の家はおおむね参道に沿っているので、隣家といえば石垣か崖を隔てた上か下なのである。

私と母は懐中電灯を枕元に置いて、ひとつの蒲団《ふとん》に入った。

襖ごしに聞こえる若者たちの潜み声は、山の唸りに被われて切れぎれになり、やがて死んだように絶えてしまった。

雨風はいよいよ激しくなった。御嶽山の巨木をふんだんに用いた屋敷は、たしかに微動だにしなかったが、そのかわり精妙に組み上げられた梁や柱の軋《きし》みが間断なく聞こえた。

私は母に寝物語をせがんだ。

「嵐は天狗様のいたずらなの。大きな団扇《うちわ》で煽《あお》るとね、こんな大風になるのよ」

それから母は、御嶽山に伝わる天狗の話を始めた。安らかな夢につながる物語を、母の口から聞いたためしはなかった。たいていは怪談か悲しい話か、戦時中の酷たらしい記憶だった。みずからの体験ならば思うさま虚飾を施し、聞いた話ならみずからの体験に変えた。もっとも、だからこそ母の寝物語は面白かったのだが。

もしかしたら、天狗に拐《かどわ》かされた伯母の話を聞いたのは、その晩だったのかもしれない。


嵐は猛り狂った。

じっと闇を見つめていると、波風に翻弄される船の底で、運を天に任せて横たわっているような気がしてきた。

空は鳴り続け、森はわななき、ときおり大木が倒れたとしか思えぬ地響きが伝わった。雨戸に物のぶつかる音も次第に大きくなり、もしや眠ったまま飛ばされた人間の体なのではないかなどと思えば、いよいよ目が冴えてしまった。

母を揺り起こしても、「大丈夫よ」という寝言が返ってくるばかりだった。私はとうとうじっとしていることに耐えられなくなって、蒲団から這い出した。

隣座敷の障子を開けて懐中電灯の光を当てると、日ごろ遊び相手になってくれている若い衆は、みな高鼾《たかいびき》で寝こけていた。命のかかったこんなときに、ぐっすりと眠っている大人たちがふしぎでならず、もしや天狗の魔力にかかって、ひとり残らず眠らされているのではないかと思った。

大階段の下り口まで這って、はっと身をすくめた。光の先に伯母の小さな背中が映し出されたのだった。伯母は大階段の一段目に腰かけて、叱られた子供のように泣いていた。

懐中電灯を消し、闇の底にほんのりと浮かぶ白勝ちの寝巻の背をしばらく見つめた。

体ばかりか心までも育ちきらぬ伯母は、子供らと遊びながら些細な言葉に傷ついて、泣き出してしまうことがあった。そうしたとき、宥めたり慰めたりするのは定めて私の役目だった。

こんなふうに考えた。

甲斐性のある男の妻となり、子供にも恵まれ、大勢の若い衆を引き連れていわば故郷に錦を飾った妹を、伯母は羨んでいるのではなかろうか。妬《ねた》み嫉《そね》みなどのさもしい感情を持ち合わせぬ伯母は、兄弟姉妹が公平に幸福であった子供の時分に、肩を並べてお手玉をついた大階段の下で、人知れず嘆くほかはないのではあるまいか、と。

少し前に、東京の私の家を訪ねてきた伯母が、家族と語らいながらふいにさめざめと泣き出したことがあった。まるで原因がわからなかったのだが、のちに私の家の祖父母がたぶんこんなところではないか、と話し合っていた。七歳の私がおしゃまな憶測をするはずはないから、祖父母の受け売りでそんなふうに考えたのだろう。

宥めようも慰めようもなかった。気易く声をかけるわけにもいかず、かと言って寝床に引き返すのも卑怯な気がして、私は嵐に怯えながら長いこと大階段の上に蹲《うずくま》っていた。

ふたたび懐中電灯をつけると、伯母が振り返った。厚い眼鏡が白く輝いた。目の悪い分だけ闇の中では勘が働くのだろうか、伯母はすぐに私だと気付いて手招きをした。

私は階段を下りて、伯母に体を寄せた。

「怖くて眠れないんだろう」

と伯母は言い、肩を抱き寄せてくれた。やさしい力に身を任せると、心と体を縛《いまし》めていた縄の結び目が、ふいにほどけたような気分になった。

「電池がもったいないよ」

伯母は私の掌の中の懐中電灯を消した。嘆きを覗き見られたことを、恥じているようだった。あたりは漆黒の闇に返ったが、そのぶん伯母の顔と寝巻の白さがまさって、大階段に腰を下ろした私たちのまわりだけが、ぼんやりと明るんだ。

伯母の嘆きを慰めなければならないと思ったが、適当な言葉の見つかるはずもなかった。幸福な母に引き較べて、伯母が不幸なわが身を果無《はかな》んでいる、ということぐらいはわかっていても、大人の領分に立ち入る知恵はなかった。

「そんなのじゃないよ」

伯母は私の心を読み取った。

「大きくなったら天狗様のお嫁さんになるって約束したのに、それでやっとこっちに帰してもらったのに、ヒゲのおじいさんが験力《げんりき》を使って、あたしを護ってくれたの。おじいさんもおもうさんも死んでしまったから、天狗様があたしを連れにきたのよ」

私は慄《ふる》え上がった。

「おじさんが護ってくれるから、大丈夫だよ」

と、私は再び寝巻の袖をからげて泣き出した伯母の、背をさすって宥めた。

「にいさんなんかあてになるものかね。どうせあたしは厄介者だから、天狗様のところに嫁に行けばいいって思ってるんだ」

私と同様に、伯母は眠りそこねてしまったのだろう。そしてまんじりともできぬまま、猛り狂う嵐に怯えて、心の奥底に潜む不安や不満を膨らませてしまった。もしそうだとすれば、父母よりも親類の誰よりも、私と似た気性だったのかもしれない。

何か大きくて硬いものが表廊下の雨戸にぶつかって、私たちは身をすくませた。それはたしかに、天から庭に降り立った大天狗が伯母の決心をせかして、雨戸を蹴とばしたようにも思えた。

伯母は立ち上がった。

「あたしが嫁に行きゃいいんだ。何でもかでもそれで丸く収まるんなら、仕方ないよ」

闇に向かって歩き出そうとする伯母に、私はすがりついた。もし雨戸を開けようものなら、小さな伯母はひとたまりもなく飛ばされてしまうと思った。

そのとき、重い地響きとともに屋敷が揺れた。遠くで悲鳴が聞こえ、襖や障子があちこちでばたばたと開いた。伯母は廊下にへたりこんで、「あたしのせいだ、あたしのせいだ」とわめくようにくり返した。

懐中電灯の光が錯綜し、誰だかもわからぬ男衆が廊下を駆け抜けていった。

屋敷はしばらく揺れ続けた。天狗の催促かどうかはともかく、どこかが破壊されたことはたしかだった。湿気った風が廊下の先と階段の上から吹き寄せてきた。

大階段の並びには、茶の間と呼ばれた応接用の座敷があり、眠りを破られた女衆や子供らが、慄えながら泣きながら集まってきた。伯母と私も障子を開けて、廊下から段上がりになった茶の間に入った。

その座敷の角には、大人が一抱えしても手に余るくらいの大黒柱が立っていた。大正十二年の関東大震災のときには、曾祖父の号令で家族全員がその周囲に集まり、揺れの収まるまでじっとしていたという話だった。

震災を記憶している誰かが呼びかけたのだろうか、女子供はやがてひとり残らず、大黒柱に支えられた茶の間に集まった。卓の上に燭台も置かれた。

どこかの破れ穴から吹きこんでくる風が、屋敷を風船のように膨らませているように思え、しまいには破裂してしまうのではなかろうかと私は気を揉んだ。

新館が、という声が耳に入った。

「大丈夫かしら。うちの主人が寝ているんだけど」

母が不安げに言った。そこで私は、かたわらにいたはずの伯母が、いつの間にか母にすり変わっていることに気付いた。ずっとつないでいたはずの手も、母の手に変わっていた。

あたりを見回しても、蠟燭《ろうそく》の光に蝟集した顔は誰が誰やらわからず、蒲団や毛布を頭から被っている人などもあって、伯母の所在はわからなかった。無理に探そうとすれば、見てはならないものを見つけてしまうような気がして、私は詮索をやめた。

屋敷にはまだテレビなどなかった。ましてや停電してしまえば、ラジオのニュースすら聞くことはできなかった。

人々が知っていたのは、大きな台風が関西に上陸し、濃尾平野に大水害をもたらして、死者もずいぶん出たらしい、という程度だった。

地域の情報伝達と通信を担っている有線電話も、夜半にはとだえてしまった。それからというもの、山中に点在する御師《おし》の屋敷は、嵐の海に投錨《とうびょう》した船のようにそれぞれが孤立して、ひたすら耐えるほかはなかった。

新館を見てくる、と立ち上がりかける母を、人々はきそって押しとどめた。山上では神に仕える男たちの権威が絶対で、たとえ生き死ににかかわることでも、女がみずから進み出てはならなかった。人々は母の身を案じたのではなく、道徳において母をとどめたのだった。

そうした道徳に照らせば、血族の結界から見も知らぬ男と駆け落ちした母は、今の暮しがどうであれ許しがたい女であったにちがいない。母は故郷に錦を飾ったつもりであり、父は多大の寄進によって罪障を滅ぼした気でいたのかもしれぬが、事実は当主たる伯父が寛容な人だったのである。

嵐の夜の茶の間には、掟破りの幸福を手にした母をめぐる女たちの思惑が、充満していたのだと思う。そこには、好いた男と結ばれた女などはひとりもおらず、子供らはみな天からの授かりものだった。そのとき私が肌で感じていた、のっぴきならぬ空気は、おそらく嵐のもたらした不安のせいばかりではなかった。

そうこうしているうちに、表廊下の先から、おーい、おーい、と人を呼ぶ声が聞こえた。

父の声だとわかった。どうしたわけか父は人を名指しで呼ぶことができず、家族でさえも「おい」だの「おーい」だのと呼びかけた。だから私と母が、その声を聞きたがえるはずはなかった。

私は人をかき分けて廊下に出た。大広間に閉《た》てられた障子の白さが、父の大きな姿を瞭《あきら》かにしていた。父は獣のように、さもなくば戦場をさまよう兵隊のように、おのれのありかを示して、おーい、おーい、と誰に言うでもなく呼び続けていた。

そうして遥かな廊下を、なぜか鷹揚に、一歩ずつ近付いてきた。

そのとき私のかたわらで、ワッと泣き伏したのは母ではなかった。またいつの間にか、母が伯母にすり変わっていた。ずっとつないでいた手も、伯母の手に変わっていた。

伯母は子供のように泣きながら言った。

「もう堪忍して下さい。あなたのお嫁になりますから。あなたとどこへでも行きますから」

大柄な父の姿を、屋敷に風穴を開けてついに乗りこんできた天狗様と見誤ったのか、あるいは誰も知りえぬ駆け落ちのいきさつが、血を分けた姉の心に突如として顕現したのか、私にはわからない。

嵐はすさんでおり、茶の間では泣きやまぬ子供もいたから、伯母の声を正しく聞いたのは私だけだったかもしれない。

やがて闇の底から浮かび上がるように姿を顕《あら》わした父は全身が濡れ鼠で、額から頬に血を流していた。

「ぐっすり眠ってたら、壁も柱も持ってかれちまって。やあ、生きた心地がしませんや」

父は腰を浮かす人々に向かって、少しも怯えるふうはなくむしろ興奮気味に、いささか伝法な口調でそう言った。

その夜、女子供はめいめいが蒲団や毛布にくるまって、茶の間と御神前に身を寄せ合って眠った。

遠ざかる嵐は、熱のさめてゆく安息に似ていた。

ふだんは雨戸を開ける物音で目が覚めるのだが、その日ばかりは母に揺り起こされるまで、ぐっすりと眠った。

燦々《さんさん》と陽の当たる表廊下で、伯父と父が一日の段取りについて話し合っていた。予定によると、父の引率する一行は神社に上がって昇殿し、寄進の目録を捧げてお祓いを受けるはずだった。

「日を改めましょうか」と伯父が言い、「いや、こうなっては神様も物入りでしょうから」と父が言った。

父の額には大きな絆創膏が貼り付けられていて、瞼まで腫れ上がっていた。そのせいでいっそう悪辣な顔に見えた。

空が広く感じられた。長屋門の屋根や庭は吹き飛んできた枝や生木のかけらで埋まっていた。

下駄をつっかけて門前に出た私は、様変わりした風景に息を詰めた。

目の上に神社が見えたのである。そこはきのうまで、こんもりと茂る杉の森に被われて、目を凝らせばその木の間《こま》がくれに、ちらほらと社殿の朱色が覗くくらいだった。

しかし山頂の神木は一夜で消えて、丸裸になった社殿が指呼の間に望めたのである。長い石段もすっかり道筋を露わにして、しかもところどころが倒木で塞《ふさ》がれていた。

伯父と父が、語らいながら門前に出てきた。

「それにしても、あの有様ですからなあ」

「女子供を置いて行けば、元気のいい若い衆ばかりですから大丈夫ですよ」

「まあ、日を改めるにしても、お仕事に障りましょうし」

「思い立ったが吉日、というのはこのことでしょう」

伯父は白の浄衣《じようえ》に浅葱色《あさぎいろ》の袴を着けており、父も礼服を着ていたのだから、どちらも肚《はら》はすでに決まっていたのだろう。だが、これほどの災厄を前にして大枚の寄進を受け納めするのには、形ばかりでもたがいを忖度《そんたく》する手順が必要だった。

父は三十代のなかば、伯父は一回り上の同じ子歳《ねどし》だった。悪い時代に生まれ合わせて、それぞれが苦労を舐めたにせよ、昔の男は大人だった。

思いついて庭先をめぐり、新館を見に行った。いとこたちが裏庭を遮る倒木に跨《またが》って、目刺のように二階を見上げていた。

私も一尾の目刺になった。父の寝ていた新館の二階は、鉈《なた》で断ち割られたように、柱や梁を簓《ささら》に晒していた。

「どこかの屋根が飛んできてぶつかったんだ」

齢かさのいとこが、見てきたように言った。

「ほら、あの屋根だよ」

足元を気遣いながら怖る怖る崖下を覗き見ると、たしかに大宮司の屋敷の門前に赤いトタン板の屋根が、まるで一軒の家がぬかるみに沈んででもいるように置かれていた。

そこで私は、空の広さが目の錯覚ではないと、ようやく気付いた。神社と同様に、たくさんの木がなぎ倒されて、青空を大きく豁いていたのだった。あたりが燦々たる陽光に満ちているのも、実はそのせいだった。

巨木が倒されるくらいなのだから、どこかの屋根が丸ごと飛んできてもふしぎはなかった。

見上げれば、父の寝ていた座敷は天井が丸出しで、東側に設《しつら》えてあったはずの床の間も窓も、跡形なく消えていた。

眠っている間にそんなことが起こって、よくもあればかりの怪我ですんだものだと思った。壁や床の間と一緒にどこかへ飛んで行ってしまっても、ふしぎはなかった。

私はその瞬間の父を想像しようとしたが、どうにも思いうかばなかった。蒲団にくるまってじっとしていたのだろうか。それともとっさに、柱にかじりついたか部屋から逃げ出したのか。だが、どういう姿も父にはそぐわなかった。

ひとつだけ、突拍子もないが父にはお似合いの想像をした。

嵐にこと寄せて、父が新館の座敷をむちゃくちゃに壊したのではなかろうか。時代の転変とはおよそ無縁に存在し続ける旧家を呪い、いくら肩を並べようとしても、一代の成り上がりめと蔑む権高さに業《ごう》を煮やして、伯父の自慢の特等室を破壊してしまったのではあるまいか。

闇の廊下を、おーい、おーいと呼ばわりながら歩いてきた父の姿は、そう思えば災難に遭ったというよりむしろ、一仕事をおえた晴れがましさを纏《まと》っていたような気がしてきた。

暗い妄想を打ち攘《はら》って無残な新館から目を戻すと、はろばろと広がる関東平野の彼方に、行き過ぎた台風の後ろ姿が一列の雲になっていた。

きのうまでその景観を縦割りにしていた木々は、きれいさっぱり消えうせていた。御嶽山は嵐の通り道だった。

「おまえんちのおじさん、でっかいから飛ばされなかったんだ。よかったなあ」

いとこたちは倒木に跨がって、そんなことを口々に言った。私の中の小さな父が罵られているように思えて不快になった。

抗う言葉が思いつかずに、私は途方もないことを考えた。

もしや父は、天狗様なのではないか、神の名を持つ伯母だけが、その秘密を知っているのではないか、と。

私の記憶はそこで途切れてしまう。

おそらく父と若い社員たちは、曠《あ》れた石段を登り倒木を潜り抜け、神社に上がってかねての予定通りに神事をすませたのだと思う。

その日のうちに下山したのか、ケーブルカーは動いていたのか、ともかく嵐の夜を挟んだ前後の記憶は絶えてない。

とりわけふしぎに思えるのは、日ごろまったく影の薄いカムロ伯母が、その一夜に限って私の記憶の主人公となっていることである。嵐が過ぎると、伯母はたちまち元のいなくてもよい人物に還って、記憶の画面から姿を消してしまった。

ともあれ、のちに伊勢湾台風と命名された大災害の私なりの体験は、こうしたものであった。自然災害にしろ病や事故にしろ戦争にしろ、悲劇的事象には他者の窺い知れぬ、人それぞれの業が隠されていると、私はそのとき悟ったのかもしれない。

この一事からほどなく、せいぜい二年かそこいらのうちに、私の生家はあえなく崩壊した。父の事業が潰えて夫婦は離別し、家族は離散してしまった。

離婚だの生き別れだのはいつの時代にも珍しい話ではないが、ある日突然、まるで破裂したように跡形もなく、家族がばらばらになってしまうような例を、私はほかに知らない。

それはまったく謎だらけの出来事であったから、私の頭の中ではいまだに、あの伊勢湾台風の一夜と一家離散の悲劇とが、分かちがたい連続性をもってとどまっているのである。

父はそののち事業を再興し、新たな家族をこしらえて安穏と暮らし始めた。縁の切れぬ程度に、ほんの一年に一度か二度、その生活を覗きにくる私を、父はまるで前世の因縁か何かのようにすげなくあしらった。

小遣を渡すのは親心ではなくて、もう帰れという無言の合図だった。いかにも賽銭箱《さいせんばこ》に放りこむように投げてよこした。そのつど私は、こういう性根で寄進などするから罰《ばち》が当たるのだ、などと考えた。

年齢とともに父とは疎遠になった。自分も妻を持ち子を儲ければ、その性根もいくらかは理解できるだろうと思っていたのだが、いよいよわからなくなったからである。

私の中には、台風の翌朝に抱いた父への猜疑心がずっと残っていた。

嵐にこと寄せて、御嶽山の屋敷を破壊したのは父ではなかったのか。

いや、父は人間ではなくて、天にも昇れず地獄にも堕ちずに、人間界を飛び回って人心を惑わし続ける、増上慢の天狗様なのではないか。

親子の情愛どころか、人間味のかけらも感じられなかった父は、七十まで生きて勝手に死んだ。

遺骸はどうにも父の体とは思えず、人間ではない何ものかの脱け殻が、踏めば粉々に壊れてしまうほど干からびて、棺の中に打ち棄てられているように思えた。

御嶽神社の参道には、かつて父が音頭を取って設立した講社の碑《いしぶみ》が今も立っている。半世紀余りも経てば、あの日さんざんに倒された森も相当に恢復《かいふく》して、石碑の裏は木洩れ陽に照らされた父の名も刻んであるのだろうが、私はいつも知らんぷりをして通り過ぎる。

そこに若き日の父の、たしかな人間味やら心の葛藤やらを見出すくらいなら、彼が天狗であり、私は妖怪と人との間に生まれた不実の子であると思うほうが、まだしもましだからである。

神漏美《かむろみ》の名を持つ小さな伯母は、それからまだ長いこと生まれ育った屋敷にとどまっていた。

転々として居場所の定まらぬ私は、休みのたびに御嶽山に帰った。長屋門の一室を勝手に自分の部屋と定めて寝起きし、自分の箸と茶碗で三度の食事も摂った。

ありがたい話ではあるが、べつだん私が不憫《ふびん》に思われていた様子もなく、たぶんいつの時代にも私のような子供を養う習慣があったのだと思う。忙しいときに男手があるのは重宝だし、食客のひとりやふたりごろごろしていても、邪魔になる屋敷ではなかった。

しかし、ふしぎなくらいカムロ伯母の記憶がない。屋敷の家族や常連客との思い出は溢れているのに、それらの場面のどこにも伯母は登場しないのである。あの嵐の出来事と、数年後に巫女姿の伯母の手を引いて神社に上がったこと、そのふたつだけが記憶の点景だった。

伯母は四十を過ぎてから嫁に行った。詳しいいきさつは知らない。私も齢が行って、いくらか御嶽山とは間遠になっていたのかもしれないが、あるとき訪ねたら、カムロ伯母の姿が消えていた。もっとも、姿が消えたというほどの存在感すら、伯母は持たなかったのだが。

私は得心した。手を引いて神社に上がったときの、あのいたいけな少女のような愛らしさ美しさを、ありありと思い出したからだった。

もし好運な宿泊客の誰かが、何かの拍子に顕われた伯母の美しさを目のあたりにしたら、あとさきかまわずたちまち恋に落ちたとしてもふしぎではなかった。

公平に開示される当たり前の美しさのほかに、日ごろは謙虚に包み隠され、ふとしたはずみで正体を顕わす奇蹟の美は、この世にいくらでもあると思う。それが見た目の美しさであったのか、触れた心の美しさであったのかはわからないが、たまさかその瞬間にめぐり遭わせた人があったのだろう。

おそらく伯母は、神に選ばれた人だった。生まれるとじきにそのことを悟った曾祖父は、神前にぬかづいて神漏美の名を戴く許しを乞うたにちがいない。

しかし伯母の肉体は偉大な神力に耐えられず、幼いまま成長を止めてしまった。

そのとき伯母は、山中に遍満する八百万《やおよろず》の神々と約束を交わしたのかもしれない。このさき見えざるものを見、聞こえざる音を聞いても、けっして声にはしない、と。

約束を果たし続けた伯母は、いつも向こう側が透けて見えるほど果無げだった。


伯母の訃《ふ》に接したのは、嫁入りからさほど歳月を経ぬころのことであったと思う。

私はたまたま御嶽山にいて、どうしたわけか朝からずっと、伯母のことばかり考えていた。そこに電話が入って、従兄や家族らはあわただしく山を下りて行った。後にも先にも、屋敷の留守番を言いつかったのはそのときだけである。

伯母は死に際さえも印象が薄くて、命日どころか季節がいつであったのかも私には思い出せない。

宿泊客がひとりもいなかったのはたしかだから、紅葉《もみじ》が散り終えた淋しい季節の、冬のかかりであったとしよう。

私は心許ない一日を、大階段に腰かけて読書をしながら過ごした。

そこは電話口にも近く、玄関を訪れる人の声も届き、目の前は表廊下を隔てて長屋門が建っていた。ひとりで留守居をするには、最も適当な場所だと考えたからだった。

空は縹色《はなだいろ》に煤《くす》んでおり、庭には花もなかった。ふと清らかな気配を感じて書物から目を上げると、長屋門に隈取られた杉林の小径《こみち》に、巫女のなりをしたカムロ伯母が佇んでいた。

長い黒髪をおすべらかしに束ね、浄衣は輝くばかりの白さで、緋の袴は冬枯れの中の一点の色だった。

眼鏡をかけていなかったから、神上《かむあが》るにしても不自由ではないかと思って立ち上がりかけると、伯母は小さな頤《おとがい》を振ってにっこりと笑った。

そして、御神前に御饌《みけ》を捧げるときのような、舞うように典雅な所作で屋敷に背を向け、神社に続く径をしめやかに歩み去った。

その行方をたしかめようともせずに、私は書物に目を戻した。

もしや神の名を持つ伯母などは私の空想で、そんな人ははなからいなかったのではないか。

いや、まさかそんな冷酷なことを考えたはずはない。

今し神上らんとする伯母は無言のうちに、そう思いなさい、それでいいから、と私を諭したのだろう。

伯母は幼い日に八百万の神々と立てた誓いを全うして、みずから神となった。

聖《ひじり》

睡たくなったなら辛抱せずにおやすみ、たいして面白い話じゃないから——。

寝物語を始める前に、伯母はきまってそんなことを言った。

子供らは蒲団《ふとん》の中で手を握り合い、よし今晩こそ終《しま》いまで聞こうとたがいを励ますのだが、やがて耳にここちよい伯母の語り口に翻弄されて、ひとりずつ眠ってしまった。終《しま》いまでたどり着けるのは、いつも私ひとりだった。

伯母は明治の生まれで、私の母とは親子ほども齢が離れていた。青梅《おうめ》の素封家に嫁いだのだがゆえあって離婚し、実家に戻っていたのである。夏休みに里帰りをする大勢のいとこはとこたちの面倒を見るのは、この伯母の役目だった。むろん誰がそう決めたわけでもないのだが、子供らは伯母を、若くして亡くなった祖母のように思っていた。それくらいやさしく温かく、慎しい人だった。「ちとせ」という名は、そんな伯母にふさわしかった。

屋敷の二階は、半間幅の廊下を挟んで左右に座敷が並んでいた。大人数の講社講中《こうじゆう》が宿泊するときは、それらの客間も階下の大広間もいっぱいになるが、参拝をおえて下山してしまえば、幾日かはがらんどうになった。

昭和三十年代のそのころは、まだ個人の旅行客が少くて、屋敷は民宿の看板を掲げてはいたものの、内実は旧来の宿坊だったのである。

講社講中の泊まらぬ日には、それまで家族の居間や門長屋などに分かれていた子供らも、どこか好きな客間に集まって、林間学校さながらに蒲団を並べた。そうした晩にはきっと伯母がやってきて、御嶽山《みたけさん》に伝わるふしぎな話を聞かせてくれるのだった。

伯母はいつも、寡婦のような黒い着物を着ていた。

二階の座敷の窓には、カーテンも障子もなかった。鬱蒼《うつそう》たる山巓《さんてん》の森を拓いて建っているせいで、陽光を遮るそうした調度を必要としなかったのであろう。だから伯母の寝物語は、いつも水底《みなぞこ》のように青ざめた月光の中か、さらに秘めやかな星あかりの中で聞いた。

「昔むかしの話だよ。おまえたちのおじいさんじゃなくって、こわいこわいヒゲのおじいさんが屋敷を仕切っていたころの昔話さ」

それほどの齢ではなかったはずの伯母は、媼《おうな》のように背を丸めて語り始めた。

＊

その人は夏の新月の晩に、いずくからともなくやってきて、声もかけずにじっと、土を搗《つ》き固めた表庭に座りこんでいた。

湯殿の渡り廊下から、たまたまその姿を見つけたのは幼いちとせだった。びっくりして湯殿に戻り、浴衣がけで髯の手入れをしていた祖父に注進した。

「おじいさん、おじいさん、お庭に神様がお出ましなの」

子供の目には、山伏のなりで闇の庭に折り敷いている姿が、そうとしか思えなかったのである。

祖父は鏡の中でぎょっと目を剝き、居ずまいを正して渡り廊下に出た。そしてべつだん驚く様子もなく、闇に目の慣れるまで佇んでいた。

じきにちとせにも、時ならぬ来訪者の姿が瞭《あきら》かになった。

夜目にも白い鈴懸衣《すずかけごろも》の背中に、大きな笈《おい》を担いでいる。金剛杖《こんごうづえ》を立て、正座しているのではなく勇み立つように片膝を立てていた。坊主頭には烏天狗《からすてんぐ》のような頭襟《ときん》を載せており、首からは太い念珠と、法螺貝《ほらがい》の赤い緒が下がっていた。

そうした身なりで御嶽神社を詣でる修験者は珍しくもなかったが、まるでちがうとちとせは思った。これは本物の山伏だ。

妙なことに祖父は山伏の横顔を睨みつけるばかりで声をかけようとせず、山伏も顧みようとはしなかった。何やら二人が根くらべでもしているように思えた。

屋敷を繞《めぐ》る表廊下には雨戸が閉《た》てられている。山伏はその内側でも見透しているかのように動かない。

怖くなったちとせは、人を呼びに走った。真夏でも火を絶やさぬ囲炉裏端《いろりばた》で、父が書物を読んでいた。

「おもうさん、おもうさん、山伏がきたの。おじいさんが怖いお顔をしてる」

養子の父は家伝の験力《げんりき》を持たなかった。つまり平凡で誠実なふつうの神主なのだが、養父の力はよく知っていた。

屋敷にはしばしば「髯の御師《おし》様」を頼って、狐憑《つ》きやら神託を乞う人が訪れた。だからそのときも父はあわてる様子がなく、読みさしの書物を閉じて、のんびりと立ち上がった。

「こんな夜更けに、山伏かね」

と、父はいくらか面倒くさそうに言った。

「夜更けと言ったって、テレビもラジオもない大正の昔の話だから、せいぜい八時かそこいらだったんじゃないかしらん。おまえたちみたいに宵っぱりの子供なんて、ひとりもいなかったんだよ。九時を過ぎて起きていたら、天狗様に拐《かどわ》かされるって、子供らはみんな信じていた」

＊

伯母はそう言いながら、早くも寝入ってしまった甥や姪の夜具の襟元《えりもと》を押して回った。

海抜一千メートルに近い山顚の屋敷では、夏でも綿入れの掛蒲団が必要だった。

「おまえたちのおじいさんと私がお廊下に出てみると、沓脱石《くつぬぎいし》のあたりの雨戸が一枚だけ開けられていて、いつの間にか袴を着けたヒゲのおじいさんがかしこまっていた。ちょうど目の先の、お庭のまんまん中に山伏が折り敷いていて、まだ睨めっこをしているの。いえ、たぶんそうじゃなくって、人には聞こえぬ声で、何かしら問答をしていたんだろう。ちょうどこんな、星あかりの晩だった」

伯母は硬い着物を軋《きし》ませながら、子供らの寝顔を左右に見る元の場所に座って、話の先を続けた。

＊

長い沈黙のあとで、山伏は言った。

「験力に名高い、鈴木の御師様とお見受けいたします」

時を慮《おもんぱか》った囁《ささめ》きでも、荒行に鍛え上げた張りのある声だった。年齢はおそらく、三十のなかばほどであろう。

「いかにも、鈴木でございます」

祖父が答えた。神官の家には多い「鈴木」の姓だが、熊野の修験を家祖とするせいか、「すずき」と平坦な言い方はせず、関西ふうに「す」の字から尻下がりになる「すずき」と称していた。

先祖は徳川家康の関東入封に際して、悪霊払いの先達を務めたのち、西方鎮護の台慮を賜って御嶽の山に上がったという。

「お名前を承りましょう」

祖父はいくらか不愉快そうに訊ねた。山野に伏す修験者ならば、夜更けに訪《おとな》いを入れるのは無定見にちがいなかった。

「俗名は持ちません。去る年、羽黒山において喜善坊《きぜんぼう》の法名をいただきました」

山伏は廊下ににじり寄って、油紙にくるんだ奉書を差し出した。祖父が灯を求めた。父のかざした手燭の下で検《あらた》めたあと、祖父は得心したように奉書を返した。

「ご来意を承りましょう」

山伏の表情が、いくらか和んだように見えた。

「熊野に向かう途中、甲州にて御師様の験力を聞き及びました。蔵王権現の御許《おんもと》に参らんとする前に、御師様のお足下にて修行いたしたいと思い立ち、大菩薩を越えて参上つかまつりました」

乞われて拒むこともできぬが、よほど思いがけなかったと見えて、祖父はしばらくおし黙った。

山伏の物言い物腰からは気概が感じられた。白い衣も袴も汚れており、手甲脚半は煮しめたような黒さで、たしかに二夜をかけて大菩薩嶺を越えてきたと思われた。

痩せこけた顔に眼光ばかりが炯々《けいけい》と燃えていた。

「しかし御坊。御嶽山は神仏分離のご布告を奉じまして、山中の正覚寺は廃され、蔵王権現も大己貴命《おおなむちのみこと》、少彦名命《すくなひこなのみこと》のご祭神に生まれ変わられました。よって、吉野熊野の修験道とは無縁です」

いえ、と山伏は強い口調で言い返した。

「わたくしの恃《たの》みといたしますところは、畏《おそ》れ多くも御嶽のご尊社ではありません。鈴木の御師様のお足下にて修行を重ねなければ、熊野に参ることはできぬと思いつめたゆえです」

祖父は困《こう》じ果てたように腕組みをした。星あかりの庭に秋虫が集《すだ》き始めていた。

「おまえはもうお休み」

と父に囁きかけられても、ちとせは段上がりになった茶の間の敷居に腰かけたまま動かなかった。何が面白いわけでもないのだが、一枚の雨戸を開けた長四角の空間を隔てて対峙する、祖父と山伏の姿が美しく思えたのだった。

「羽黒山で修行を積まれた御坊に、今さら何を教えられますものかね。たしかに私は熊野修験の裔《すえ》だが、修法は当家の口伝で、弟子をとって伝えるものではありません」

祖父がやんわりと断わっているのに、山伏は引き退がらなかった。

「教えは乞いません。わたくしの行法に何かお気付きのところがあれば、叱っていただきたいのです」

「それはあなた、身勝手というものだよ。も少し若い時分ならともかく、こうも齢を食ってしまったのでは、水行も滝行も命取りになりかねん」

「ごもっともでございます。わたくしはただ、御師様の謦咳《けいがい》に触れるところで修行を積み

「話のわからんお人だ。第一あなた、この夜更けにどこから忍びこんだか知らぬが、まるで泥棒じゃあないか」

山伏が背にした長屋門も、東の裏門も、日昏れには鎖《とざ》されるのである。石垣を乗り越えるか土手を攀《よ》じ登りでもしなければ、庭には入れない。

いささかも悪びれずに山伏は言い返した。

「どなたに道を訊ねたわけでもありません。大菩薩嶺に至りましたあたりで神気を感得いたし、三頭山《みとうさん》、御前山《ごぜんやま》、大嶽山《おおだけさん》と、導かれるままに歩みまして、ご当家に至りました。畏れ多くも蔵王権現のご先達を賜ったにちがいございません。泥棒だなどと夢にも申されますな」

「軽々に蔵王権現のご威光を口にするなど、修行を重ねた聖《ひじり》とは思えん。お控えなさい」

失言を悟ったのか、祖父にたしなめられた山伏は、金剛杖を置いて平伏した。

今にも祖父の怒りが破裂しそうで、ちとせは肝を冷やした。父は大声も出さぬ穏やかな人なのだが、祖父は山上の子供らからも怖れられる癇癪《かんしゃく》持ちだった。

「おもうさん、ちょっとよろしいですか」

父が祖父の背に囁きかけた。いくら修行を積んでも験力など身につかぬあたりまえの人だが、そのぶん父には常識があり、考えようによっては祖父よりも聡明だった。

「話が怪しくはないですか。あんなふうにして食客に居座る手合じゃあないでしょうかね。さもなくば、新手《あらて》の泥棒かもしれませんよ」

「では、羽黒山の免状を何とする」

「いかに修行を積んだ御坊でも、苦労を重ねるうち人間界に逆戻りするだの、餓鬼界に落つるだのということは、ままあるのでは。いや、もしかしたらそもそもお免状が偽物かもしれませんよ」

叱りつけるかと思いきや、祖父はあんがい得心してしまった。やさしい父が、こわい祖父をそんなふうに説得するのは、見ていても気味がよかった。

「どうせあちこちの屋敷で追い払われて、こんな時間にうちにやってきたんでしょうよ。うっちゃっておけばじきにいなくなります。そうなすって下さいな」

祖父は白髯をなでながらしばらく考えこんだ。父の言うところはもっともなのだが、そうとも言い切れぬ何ものかを、祖父が感じ取っているように見えた。

「枉《ま》げてお願い申し上げます」

ぬかづいたまま山伏が言った。白い掛衣《かけごろも》の背中が震えていた。

祖父は正体を見極めようと、またしばらくその姿を見おろしていたが、とうとう極めあぐねるようにきっぱりと言った。

「お断りいたします」

その一声を聞いたとたん、父が幕でも引くように雨戸を閉ざした。

＊

「あの当座はね、三度三度のご飯も満足に食べられない人が大勢いたの。そりゃあ今だって大勢いるけれど、一所懸命に働けばどうにかはなる。でも、大正の昔はちがった。こんな山の上にまでおもらいさんはやってきたし、何でもするからご飯を食べさせて下さい、なんていう人も珍しくなかった。だから私も、おとうさんの言うことのほうが正しいと思ったの。お金や食べ物は天から降ってくるわけじゃないのよ。ご飯をいただくときには、自分たちの幸せを感謝しなくちゃいけない」

ちとせ伯母は話の中途に、そんな説諭を折りこむことを忘れなかった。

ひとつ蒲団に入ったいとこは、すでに寝息を立てていた。歪んだなりに磨き上げられたガラス窓の向こうは、満天の星だった。子供らがひとりひとり眠りにつくほどに、星ぼしは輝きを増すようだった。

伯母の高く澄んだ貴顕の声は、星空によく似合った。

「それで、どうしたの」

私が話の先をせかすと、伯母は人差指を唇に当てて、「シッ」と叱った。

「睡たくなった子から眠ればいい。口を利くなら話はこれでよしにするよ」

覚めている子供らは口々に私を咎めた。「よしにするよ」と、伯母は闇を見渡してもういちど言った。

黙《しじま》が戻った。

「翌《あく》る朝早くに、屋敷は騒ぎになった。大階段を寝呆けまなこで降りてゆくと、雨戸を開けた女中さんたちがおろおろしているじゃあないか。そこにヒゲのおじいさんがやってきて、仕方ないからお上げなさい、と言った。おまえたちのおじいさんも、もう反対はしなかった。だって、庭先に一晩じゅう金剛杖をおっ立てて、石みたいに座っていたんだもの。おもらいさんや泥棒に、そんな真似ができるものかね」

伯母はどう転がってゆくのかわからない話を、とつとつと続けた。

＊

喜善坊と称する修験は、その日から門長屋に棲みついた。

御神前《ごしんぜん》でお祓いをしたあと、祖父はきつく言い渡した。

本日より算《かぞ》えて百ヵ日を満万行《まんまんぎょう》とし、その間に思うところあれば、必ず辞意を告げて立ち去ること。

母屋には勝手に立ち入らざること。

当家はあくまで修行のための宿坊であり、両神官はその主《あるじ》に過ぎぬこと。すなわち修行修法には一切かかわりなきこと。

三度の食事と門長屋は提供するが、修行専一と心得、不平不満は申し出でざること。

——つまり祖父は、喜善坊を信用していなかったのである。しかし、もしまっとうな行者であったのなら、修験の聖地たる羽黒山と熊野権現の手前、おろそかにはできぬ。そこで本物でも偽物でもかまわぬように、条件をつけたのだった。

祖父が床に入ってしまった夜更け、父母は囲炉裏端でこんな会話をかわしていた。

「私はやっぱり贋《まがい》だと思うんだが、おまえはどうだね」

「そうですねえ。何だかこう、ピンとくるものがありません」

「おや、おまえの勘働きでもわからんのか」

「おじいさんだってわからないのに、どうして私なんぞにわかるものですか」

「そこが妙なんだ。じいさんには験力があるのだし、おまえには勘働きがある。たいていはどちらも百発百中なのに、どうしてあの修験に限っては何の見当もつかんのだね」

「あなたがあんまりまともなことをおっしゃるものだから、おじいさんの験力も私の勘働きも曇ってしまったんじゃなくって」

「おいおい、凡人のせいにするなよ」

「何が凡人なものですか。この屋敷ではね、あなただけが非凡な人なのよ。当たり前のことを当たり前に言えるんですから」

「おや、これは一本取られたね。しかしその非凡なおつむで理詰めに考えれば、やはり贋だと思うよ。山に上がってくる修験は、贋とまでは言わぬまでもみな俄《にわか》じゃないか。あいう洒落たなりをして、観光登山をしている連中だ。そのうちのひとりが、ただめし食いを思いついたところでふしぎはないだろう」

「ですからね、あなたがそういうことをおっしゃるから、おじいさんも私も何が何だかわからなくなってしまうんですよ」

「ともかく、夜はしっかりしんばり棒をかけて、お財布やお通帳は枕の下だよ。なくなってからでは後の祭りだからね」

ところが、そうした懸念とはうらはらに、喜善坊はすこぶるまじめな、たしかに羽黒山を下って熊野をめざすとしか思えぬ聖のくらしを淡々と続けていた。

屋敷の者とは滅多に口も利かぬ。一汁一菜の粗末な食事にも文句はつけず、山に入るときは女中たちが気を回した握り飯さえも固辞した。祖父よりも早く起き、子供らよりも早く寝た。

とりわけちとせにとって印象深かったのは、暗いうちから唱え始める修験の拝詞《はいじ》だった。

諸々《もろもろ》の罪穢《つみけがれ》　祓《はら》ひ禊《みそぎ》て清々《すがすが》し
遠津神《とほつかみ》　笑《え》み給《たま》へ
稜威《いづ》の御霊《みたま》を幸《さきは》へ給へ
天津日嗣《あまつひつぎ》の栄え坐《まさ》むこと
天地《あまつち》の共《むた》　無窮《とこしへ》なるべし

それは祖父や父の唱える祝詞《のりと》とたいそうよく似ていたから、洩れ聞こえる声を聞いているうちに、ちとせも覚えてしまった。二つちがいの姉と、喜善坊の声音を真似て諳《そら》んじていたら、祖父にこっぴどく叱られた。

もごもごとしてはっきりしない祖父の祝詞よりも、甲高い父の声よりも、喜善坊のくり返す拝詞は澄明で美しく思えた。

女中たちは陰でちやほやした。食事の時間になると、誰が門長屋に膳を届けるかと、竈《かまど》の前でじゃんけんなどしていた。喜善坊は子供の目から見ても顔立ちが整っており、痩せてはいるが六尺余りと思える長身だった。そのうえ言葉少なで笑顔も見せぬとなれば、年頃の女中たちがほめそやすのも当然だった。誰が言うともなく、「キゼンさん」と呼ばれるようになり、やがて祖父も父母もそう呼ぶようになった。

客でもなく弟子でもないのだから、誰にとっても都合のいい名前はそれしかなかった。喜善坊が言葉をかわす相手は、祖父と父だけだった。女中たちが話しかけても、答えたためしはなかった。

祖父や父に修行の内容を訊ねられると、喜善坊は無表情のまま、「きょうは綾広《あやひろ》の御滝にて滝行をいたします」だの、「本日は奥の院より大楢《おおなら》峠まで抖擻《とそう》いたしました」だのと答えた。

抖擻修行とは、あらゆる欲を捨て去ってただ無心に山中を歩き回ることである。真夜中も昼日中もかまわず、喜善坊は抖擻に出た。どうかすると二日三日も帰らずに、家族が気を揉むこともあった。

そうした具合に一月《ひとつき》ばかりも経ち、山上に冷たい秋風が渡るころ、ちとせは原因のわからぬ高熱を出して床に就いた。

山上には医者がいない。麓の医院に使いを出したが、老いた医師が看護婦に手を引かれて山に登ってきたのは、翌日の夕方だった。

しかし医師の診立ては曖昧で、薬も注射も効かなかった。あとは夜っぴて冷やすほかはない、と言って医師はその日のうちに山を下りてしまった。

きっと匙《さじ》を投げられてしまったのだ、とちとせは思った。子供が風邪をこじらせてあっけなく死んでしまう時代の話である。ちとせのすぐ下の妹も、ようやく伝い歩きを始めたころに亡くなっていた。

その夜、祖父は祈禱《きとう》をし、父は水垢離《みずごり》をし、母は枕元で寝ずの看病をしてくれたが、ちとせの熱は下がらなかった。

魘《うな》されながら祖父と父の言い争いを聞いた。

「キゼンさんが、これを煎じて飲ませてくれと言ってきました」

「わけのわからん薬草など飲ませられるものか」

「山に入って採ってきてくれたんですよ。お医者様の薬が効かないのですから、試してみましょう」

「お医者にも神様にも治せぬ病気を、山伏ふぜいがどうにかできるはずはなかろう。やめておけ」

父は見知らぬ草を盛った笊《ざる》を抱えていた。ところどころに小さな白い花がついていて、葱に似た香りがちとせの鼻まで伝わってきた。

「お薬、ちょうだい」

体が物を言った。何を考えたわけでもなく、花がちとせの口を借りてそう言ったような気がした。

＊

命を拾った晩のことを、ちとせ伯母は今さら心から感謝するように、しみじみと語った。

「その晩のキゼンさんは、下ろしたてのような真白の衣裳を着てらした。枕元で拝詞を唱えてから、あれこれ印を結んでね。こう、忍者みたいに、エイッ、ヤアッ、って。そうして新聞紙の上に薬草を敷いて、捏ねるように揉み始めた。真白な手甲が緑色に染まってもお構いなしだった。その間にもキゼンさんは、ずっと般若心経を唱え続けていた。ヒゲのおじいさんも、あんたらのおじいさんおばあさんも、黙って見ていらしたっけ」

代々験力をもって鳴る家が、山伏を恃みとするのは、それこそ沽券《こけん》にかかわることであったにちがいない。むろん喜善坊も、そのあたりは承知していたであろう。だが、たがいの立場や体面にこだわっている場合ではなかった。幼子の病状は切迫していたのである。

「薬草は揉みしだかれたあと、薬研《やげん》ですり潰された。そのうち、薄荷みたいなツンとする匂いが立ってきてね。何だかそれだけでいくらか気分がよくなったように思えたの。キゼンさんは一所懸命だった。真青に剃り上げた頭に、玉の汗が浮かんでいた。私の命を救ってくれたのは、薬草の効き目ばかりじゃないのよ。この子を死なせてはならないと、キゼンさんは心をこめて祈り続けていたの。あれほど真剣な人間の顔は、後にも先にも見ためしがない」

餅のように練り上がった薬草は、半分を膏薬として額と首筋に貼り、半分は御神酒《おみき》と水で割って飲んだ。

それこそ口が曲がりそうに苦かった、と伯母は笑いながら言った。

「あの薬草に較べたら、お医者様のお薬なんてお菓子みたいなものさ。だからおまえたちも、けっして嫌がっちゃいけないよ。おとうさんやおかあさんより先に死んでしまうのは、どんな悪さよりも親不孝なんだからね」

幼くして亡くなった兄弟姉妹を思い出したのだろうか。それとも命を救ってくれた喜善坊のおもかげがよぎったのだろうか。伯母は袂《たもと》から手拭を出して瞼を拭った。

＊

薬効は覿面《てきめん》だった。

苦い杯をどうにか飲み干したとたん、うつらうつらと睡くなり、汗みずくになった寝巻を替えると、嘘のように熱が下がっていた。

家族は薬草の正体を知りたがったが、喜善坊は「名もない谷の草です」と言ったきり答えようとはしなかった。

山育ちで草木に詳しい祖父は、しきりにふしぎがった。御嶽山は緑が豊かだが、厳しい気候のせいでそれほど植生の種類があるわけではなかった。畳の上にこぼれ落ちた花をためつすがめつしながら、「見たこともない」と祖父はいくども言った。

息を吹き返した安らぎの中で、きっとそんな花も草も、御嶽山にはないのだろうとちとせは思った。やさしいキゼンさんが、奥の院の天狗様にお頼みして、極楽浄土の蓮の池のほとりから、摘んできてもらったのだ。

みんなが大喜びだった。しかし喜善坊は羞《はじら》いながら、「ほんの少しばかり御師様やお医者様のお手伝いをさせていただきました」と言うだけだった。

「それならそうで、直会《なおらい》をしなければなりませんな」

祖父は祝宴に誘ったが、喜善坊は固辞した。そればかりか夜を徹して看病したにもかかわらず、いずこへともなく抖擻に出てしまった。

秋は深まっていった。

喜善坊が屋敷を訪れたのは夏も盛りのころであったから、満万行は師走となる。

祖父は厳格な人だった。孫が命を救われても、それはそれ、これはこれとして、何の心変わりがあるわけではなかった。

その日がくれば、キゼンさんはどこか遠いところに行ってしまうのだと思うと、ちとせは悲しい気分になった。頭を撫でてもらったこともなければ、まともに言葉をかわしたこともなかった。せいぜい朝晩の挨拶をし、門長屋から洩れ聞こえる拝詞の声に、膝を抱えて聴き入るくらいだった。

笑顔さえ見たためしはなかった。だのに姿を見かけるたび、まるで山奥に咲く白百合のような気高さが、ちとせの胸を打つのだった。

ひとつだけわかったことがある。キゼンさんはほかの大人たちのように、子供を子供あつかいしないのだ。愛想もないかわりに、邪魔にもしなかった。たぶんキゼンさんの澄んだ目には、大人も子供も、草も木も、月も星も空も雲も、同じように見えているのだと思った。自然の中で生きるキゼンさんにとっては、すべてのものが自然のいのちやかたちなのだった。

「ご苦労な人生ですねえ」

囲炉裏端で針仕事をしながら、母が唐突に呟いた。

「修行は苦労なものだよ」

新聞から目も上げずに父が答えた。父母はたいそう仲が良くて、屋敷が寝静まったあとも、夜ごと二人して語らっていた。そのかたわらでうたた寝をするのが、ちとせにとって最も幸せなひとときだった。

「でも、神主になる修行とはわけがちがうでしょう。こういう修行をせよというお定めもなさそうだし、第一、誰が見ているわけでもないじゃありませんか」

「まあ、言われてみればその通りだがね。しかし本来修行というのは、そうしたものだよ」

母は針を運ぶ手を止めて、いたずらっぽく微笑んだ。

「でしたらあなた、おもうさんやよその御師さんのご先達なしに、きちんと修行ができまして？」

父は新聞を畳んで笑い返した。

「それはどうだかね。まずキゼンさんほど熱心にはできまい。神主になるためには、滝行だの水行だの、これこれのことをこれだけしなければならないと思うからこそなのだが、あの人にはご先達すらいない。誰が見ているわけでもない」

「あちこちのお山で修行をすると、熊野に入ってから扱いがちがうのかしら」

「それもあるまいね。百ヵ日の万行と言っても、誰がお免状を書くわけでもなし、要はおのれのために修行をしているだけだよ。ほかに考えようはない」

ところで——と父は障子ごしの人の気配をやり過してから、声を潜めて訊ねた。

「うちの祖先は熊野の修験で、徳川家康の道案内をしてきたというが、何かそのこととかかわりがあるのかね」

「それはあなた、おもうさんだってご存じない大昔の話なんですから、他《はた》が知っているはずはありませんよ」

「いやね、何だかふと、うちのご先祖様はあんなふうにして、御嶽山にやってきたんじゃあないかと思ったんだ」

「東照大権現様から、そう言いつかったんですよ。だからよその神主さんより後から山に入った家でも、下《しも》に置かれることはないんです」

「幕府のお免状など見たためしはないが」

「三百年も昔の話ですからねえ。どこかお蔵の底のほうにでも、しまってあるんじゃないかしらん」

「そのうち探してみなければならないね」

それきり母は針仕事に戻り、父は新聞を読み始めた。ちとせには父と母が、何かのっぴきならぬことを考えているように思えた。

もしや鈴木のご先祖様は、権現様の道案内を務めたあと、人知れず山に向かったのではないだろうか。そして灼《あらた》かな熊野の験力を敬され、神官として山上の人になったのではあるまいか。

そんなことを考えると、ちとせには鈴木の家が本分を忘れて出世をしたように思われ、百ヵ日の万行を申し渡した祖父が、冷酷な人のように思えてくるのだった。

松方公爵家のご家族が紅葉狩《もみじがり》にお出ましになったのは、その秋のことだった。

鈴木の家に生まれた女子は、平河町の閑院宮《かんいんのみや》御殿か、麻布仙台坂の松方公爵邸に上がって、行儀見習をするならわしがあった。そのころも末の叔母が松方邸に上がっており、里の秋景色の話でも伝えたのか、ならば一晩泊りで行ってみようということになったらしい。

さすがにご高齢の公爵ご夫妻はおいでにならなかったが、若殿様と奥方様とお子様方が、執事や女中たちを連れて登っていらした。よほど険阻な山だと思われたのか、それとも遊び心だったのか、どなたもまるでアルプスでも目指すような登山姿だった。

速達が届いたのはご到着のわずか三日前だったから、屋敷は大騒ぎになった。

手紙には「内々の旅ゆえ構いなきよう」と書かれていたが、まさかそうはゆかぬ。当日は泊まり合わせた講社の団体客をよその宿坊に移し、父と何人かの神官が麓まで迎えに下りた。

新華族とはいえ、公爵家のご当代は明治の元勲である。官幣大社たる御嶽神社の神官にとっては、肇国神話の神に等しかった。ましてや娘たちが行儀を習い、この先はちとせや姉妹たちも世話になるのである。

玄関には抱稲《だきいね》の家紋を染めた幔幕が張られ、家族は正装で御一行を迎えた。式台に上がるなり若殿様は、「立派な屋敷だねえ」と仰せになった。あんがい下世話なご感想に聞こえたので、ちとせはホッとして少し頭を上げた。だがご家族は式台の縁《へり》に腰を下ろして、登山靴の紐を家来たちにほどかせているのだった。

祖父は浅葱色《あさぎいろ》の袴に黒羽織を着て若殿様を迎えた。ほかの家族たちのように平伏はせず、いくらか会釈をしただけだった。神官が深くぬかづくのは、八百万《やおよろず》の神々と、現人神《あらひとがみ》たる天皇の御前だけだった。

若殿様が祖父と同じ目の高さにかしこまった。

「鈴木の御師様には、お変わりなく何よりです」

「ようこそお越し下されました。娘がたいそうお世話になっております。山家《やまが》にて何のおもてなしもできませんが、どうかごゆるりとお過ごし下さいまし」

おじいさんはこんなにも偉い人なのかと、ちとせは驚いた。

若殿様は祖父のうしろに平伏する母に目を向けた。

「これは娘のイツでございます。行儀見習は宮家のお召しに与りました」

少し心苦しそうに祖父は言った。

「ああ、さようでしたか。どうりで目に憶えがありません」

祖父は間を繕うように、幼い二人の孫娘を紹介した。

「これはこれは器量よしのお嬢だ。大きくなったらぜひうちにおいで。宮様の御殿よりはいくらか窮屈な思いをしなくてすむ」

はい、とお答えしてよいものかどうかと、ちとせも姉も黙って頭を下げていた。

そうした緊密な挨拶をかわしたあとで、一行は屋敷のぐるりを繞る表廊下を渡った。角を回るたびに、まるで設《しつら》えられたような紅葉の赤が現れた。若殿様もご家族もしばしばおみ足を止めて、感嘆の声を上げられた。

表庭にはひときわ枝ぶりのよい楓がある。長屋門の白壁を背負っているせいで、いくらか散り始めた葉の赤さが鮮かだった。

「やあ、これはおみごとだ。京都や日光に足を延ばすまでもありませんね」

よほど感心したとみえて、若殿様は大階段の昇り口に腰を下ろしてしまわれた。

そのとき、思いもよらぬ変事が起きたのである。

長屋門からまっすぐに続く小径《こみち》を、「懺悔《さんげ》懺悔、六根清浄」と大声で唱えながら、喜善坊が抖擻をおえて帰ってきたのだった。

賓客の来訪はあらかじめ伝えてあった。だから喜善坊は目ざわりとならぬよう、前夜から山に入ったのだと誰もが思っていた。それがどうしたわけか、いかにも出番のころあいを見計らったように、門続きの杉林の中から現れたのだった。

ご夫妻もお子様方も、一瞬びっくりなさったがじきに手を叩いて大喜びした。物語の中にしかありえぬ、それも霊山ならではの本物の山伏を目にしたからである。

「懺悔懺悔、六根清浄」

胸前に念珠を掲げながら、喜善坊は声高《こわだか》に唱え続け、貴人の姿などまるで見えぬように一言の挨拶すらなく、門長屋の部屋に消えてしまった。

「寝ず食わずの修行中でございますので、ご無礼はお許し下さい」

父が詫びた。だが、それはちがうとちとせは思った。キゼンさんの目には、人の貴《たっと》さや卑しさなどは映らないのだ。それどころか、人間も草も木も、月も星も空も雲も、同じように見えている。

＊

「懺悔懺悔、六根清浄——」

ちとせ伯母は話しながら低い声色を使って、掛け念仏を唱えた。

それは眠らぬ子らを怖がらせているのではなく、幼い日に聞いた修験の声を、ひたすら心に甦らせているかのようだった。

「懺悔は自分の犯したあやまちを悔いて、神様にお赦《ゆる》しを乞うこと。六根清浄は、心と体が清らかになりますように、というお祈りの詞《ことば》なのよ。キゼンさんは山歩きをするとき、いつも大声で唱えてらした。あんたらもためしにやってみるといい。体の底から力が湧いてきて、足が軽くなる」

うそだァ、と眠らずにいる子らは口々に言った。伯母はもう叱らなかった。話しながら興が乗ってくると、寝物語であることを忘れてしまうのは伯母の常だった。

大階段の下から、時を打つ柱時計の音が聴こえた。算えきれぬほどの時刻だった。私は硬い籾殻枕《もみがらまくら》の上で首を振り、睡気に抗った。あちこちで同じ軋りが上がった。

「ここまで聞いたなら、も少し辛抱をし。たいして面白い話じゃないけど、つまらなくもないから」

目覚めている齢かさの子供らを励ますように、伯母は言った。

＊

その夜の囲炉裏端で、母はもう我慢ならぬとばかりに父を責めた。

「修行中だろうが何だろうが、ああも無愛想にされたんじゃ、うちの立つ瀬がありませんよ。今の今だって東京の御殿に上がってる、妹の立場にもなって下さいまし。ましてやこの子らが行儀見習に上がるころは、あのご夫妻がご当代様でしてよ」

マアマア、と父は笑顔で母を宥めた。母は祖父のような癇癪持ちではなかったが、何につけてもやさしいばかりで態度の煮え切らぬ夫には、しばしば腹を立てた。つまり、父のその「マアマア」が癪の種なのだった。

母は囲炉裏端を火箸で叩きながら、喜善坊の悪行の数々を片ッ端から並べ立てた。山上の人が語りかけても答えようとしないこと。

断食行といいながら、山中では蛇やら虫やらを食べているらしいこと。屋敷の厠《かわや》は一度も使わずに、藪の中で立小便をし、野糞を垂れていること。

「そうは言ったっておまえ、それも修行のうちなのだから、口を出すわけにもいくまい」

「無愛想も修行のうちなんですか。蛇を食べたり、そこいらで用を足すのも修行なんですか」

「マアマア、私ら神主の修行とはわけがちがうんだ。そう頭ごなしに言うもんじゃない」

ちとせは狸寝入りを決めこんだ。父母の言い分はどちらが正しいとも思えず、も少し聞いていたかった。

験力を身につけるどころか、子供の狸寝入りさえ見破れぬ父は、綿入れ半纏《はんてん》を脱いでちとせの体に掛けてくれた。

「キゼンさんを見ていると、私もこのごろつらくなるんだよ」

「どうしてあなたが」

「おもうさんは、何とか私に家伝の験力を授けようとして、婿に入った時分はずいぶんと厳しい修行をさせたじゃないか。しかし、だからと言って何が身についたわけでもない。やはり生まれついての才能みたいなものを持っていなければ、どんなに打ちこんだところで無理なのだよ」

母は黙ってしまった。その手から火箸を取り上げて、父は囲炉裏の灰に字を書いた。

「修行を重ねて験力を得るから、こう、修験と書くんじゃないかね。私はあきらめてしまったけれど、キゼンさんはまだ頑張っている。それが私にはわかるんだ。あの人は無理なことをやっている」

暗い煙抜きを見上げて、母は溜息をついた。

「おもうさんはわかっているのかしら」

「それはそうさ。たぶん、ひとめ見たとたんにわかったから、かかわらないようにしたんだよ。百ヵ日の万行なんぞと勝手に決めたのも、そのくらい打ちこめば無理を悟るだろうと思ったからなんだ。考えてもごらん、私が験力をあきらめたのも、そのくらいだったじゃないか」

自分で無理を悟るまで、あんなつらい修行をしているのかと思うと、ちとせはキゼンさんがかわいそうでたまらなくなった。

このごろでは、ご飯と具のないおみおつけと、沢庵がふた切れだけのお膳にも、箸を付けなくなっていた。ときには水断ちまでしているのだと、女中が心配そうに言っていた。

「はっきりそうと言って聞かせたほうがよかないかと思うんだがね。ところがおもうさんがおっしゃるには、行というものは他《はた》がどうこう口を出してはならない、と。考えてみれば、私のときもそうだった。無理も道理も、他人が決めるものじゃない。自分自身でそうと悟らなければいけないし、だからこそ行には値打ちがあるんだ」

「大丈夫かしら。そう言っちゃ何ですけど、キゼンさんはそこまで物を考える人じゃないと思うんです。それに、あなたより体は立派だし、強情そうですよ」

「いやいや、滝行だの水行だの岩屋籠《ごも》りだの、私もずいぶんやったがね。体力や根性で、どうにかなるほど甘くはないよ。ただ、私が考えるにはね――」

と、父はちとせの寝顔を窺ってから声を潜めて続けた。

「あの人は、よほどの業《ごう》を背負っているんじゃないかね。若い時分に、何かとても悪いことをしたとか、とんでもない親不孝をしたとか。おまえ、勘が働かないか」

「さあ。勘働きするほど面と向き合うこともありませんから。何やらうそ寒い話ですねえ」

キゼンさんはけっして悪い人ではないと思ったが、あれこれ想像するうちに怖くなった。父母のひそみ声の向こう側から、裏の杉の木に巣をかけた梟《ふくろう》の鳴き声が聞こえる、静かな秋の夜だった。

喜善坊が祖父にこっぴどく叱られたのは、その翌る朝である。

公爵家のご家族がちょうど朝食を召し上がっているころ、屋敷中に妙な臭いが漂ったかと思うと、涙が止まらなくなった。

山上の暮らしは火の気にやかましい。何か燃えていやしないかと人々が探し回っていると、門長屋の戸のすきまから目に刺さる煙が洩れていた。

火事ではなかった。喜善坊が土間で松葉と糠《ぬか》と唐辛子を燻《いぶ》して、煙にまみれながら般若心経を誦《ず》していたのだった。

祖父は裸足で庭に飛び下り、「いったい何の真似だ」と怒鳴りつけた。喜善坊の釈明によると、それは「南蛮燻し」という行であるそうな。肌につき刺さる煙の中で、ひたすら耐える苦行だった。

折しも凪いだ朝方のことで、門長屋の戸や窓を開け放ったはよいものの、どっと溢れ出た地獄の煙が屋敷中に蟠《わだかま》ってしまった。

若殿様ご一家も、二階の座敷から焙《あぶ》り出された。父が平あやまりをして、神社へと先導した。そうこうするうちに鳶口《とびくち》やら長梯子やらを担いだ消防団までやってきて、屋敷は大騒動になった。

祖父に襟首を摑まれて引きずり出された喜善坊は、しばらく門口にちんまりと座っていたが、そのうちどこかへ消えてしまった。

毒でも浴びたように、目も咽も痛くてたまらなかった。顔を洗おうにも、屋敷の中は煙っていた。そこで、ちとせと姉は手を繋ぎ合って、門の外から杉林の土手を下った。

西の石垣の下には天水を溜めた井戸があった。ふだんは近寄ってはならぬ御神水だが、この際だから仕方がないと思った。

深い杉林の中に、苔むして傾いた檜皮《ひわだ》の屋根があり、紙垂《しで》を繞らせて結界とした石積みの井戸がしんと鎮《しず》まっていた。神事のたびに祖父や父が屋敷の御神前に捧げるのは、御嶽山の雨を蒐《あつ》めたこの水だった。

晩秋の朝の気は冷え切っており、落葉を敷き詰めた黄色のところどころに、光が足らずに育ちあぐねた楓が、赤い炎を灯していた。

井戸の石組に背を預けて、キゼンさんが泣いていた。頭襟を冠った乱れ髪を抱えて、精も根も尽き果てたようにうなだれている姿は、とうてい日頃のキゼンさんではなかったが、悲しいことにはそれでも、乾いた唇をもごもごと動かして、般若心経を唱えているのだった。

「もう、よしなよ」

ちとせは膝を抱えて言った。キゼンさんは覗きこむちとせの顔をちらりと見たきり、駄々ッ子のように首を振った。

「はい、これ」

姉が袂からおひねりの干菓子を取り出した。キゼンさんはまたいやいやと首を振った。

夏の盛りにやってきたときとは、大ちがいだった。頬はげっそりとこけ、目が落ち窪んでしまっていた。純白の鈴懸衣ももう使いものにならなくなったのだろうか、汚れた肌襦袢の上に、草や落葉を細い蔓で編んだ簑《みの》を羽織っていた。

もしかしたらキゼンさんは、半分ぐらい木になってしまったのではないか、とちとせは思った。煙に燻された目が痛いのではなく、人間をやめてしまうのが悲しくて、泣いているのではないかと思ったのだった。

ちとせと姉は御神水で顔を洗った。霊験は灼かで、たちまち痛みは去った。

しかし、びしょ濡れのキゼンさんは、咽を嗄らし涙を流して泣き続けていた。

「お水、飲んでよ」

ちとせは御神水を掬《きく》して、キゼンさんの口元に向けた。この水を飲みさえすれば、きっと人間に戻れると思ったからだった。

般若心経がやんだ。ちょうど朝の光が屋敷の石垣を乗り越えて、ぼろぼろのキゼンさんに手を差し延べた。神様だってそうおっしゃっているのだ。

だが、キゼンさんはちとせの掌から目をそむけてしまった。そして般若心経のかわりに、

「懺悔懺悔、六根清浄」と唱え始めた。

「サンゲ、サンゲ、ロッコンショウジョウ」

くり返すほどに、濁った泣声がはっきりとした掛け念仏に変わっていった。

ちとせは後ずさった。頑ななキゼンさんに根負けしたからではなく、差し延べられた朝の光が、森の黄や赤の色を翳《かげ》らせて、すうっと退いたからだった。

キゼンさんは神様に見捨てられた、と思った。

＊

「夏休みはお客さんが多くて、あんたらにかまっちゃいられないけど、危ないところに行ったらいけないよ」

ちとせ伯母は話の途中でぽつりと、見当はずれのことを言った。

目覚めていた子供らは肯いた。登山客や観光客が増えたせいで、御嶽山にはさほど危険な場所がなくなっていた。子供らは行ってはならない場所を言い含められていた。

神社の裏手に続く奥の院は危くないが、その先の大嶽山に向かう道には岩場があるので、立ち入ってはいけなかった。綾広の滝はかまわないが、その下流にある七代《ななよ》の滝には深い滝壺があるから、水に入ってはならなかった。

ことに固く戒められていたのは天狗岩と呼ばれる名勝で、登山道に面して聳《そび》えているせいで山に慣れぬ人が面白半分に登り、しばしば大怪我をしたり死んでしまったりする危険な場所だった。

実は私も一度だけ、禁忌の鎖を乗り越えて天狗岩に登ったことがあった。齢上のいとこに「根性だめしだ」と言われ、震えながら登ったのである。

鎖をたぐり、足場を確かめながら攀じ登ってゆくと、千尋の谷に突き出た頂に、烏天狗の小さな銅像が建っていた。あたりは大杉の密林なのだが、どの枝先も天狗岩には届かず、手を伸ばせば雲が摑めそうな高さだった。頂をきわめた子供らはみな、膝立つこともできず鎖にしがみついていた。

子供らの身を竦《すく》ませたのは、孤高の頂の恐怖ばかりではなかった。そこは大昔から、修行中の神官やら抖擻する行者やらが、森羅万象のただなかで精進潔斎をする聖域だった。転げ落ちた人々は罰《ばち》が当たったのだと思った。

「まさか、天狗岩に登ったりはしないだろうね」

伯母は白い顔を闇にめぐらせて、子供らの罪を知っているような言い方をした。答える子供はいなかった。

「二度と妙な気を起こさないよう、この先はよくお聞き」

手拭の中で空咳をしてから、伯母は思いもよらぬ事の顚末を語り始めた。

＊

師走初めの吉日に、喜善坊は百ヵ日の万行をおえた。

杉林に囲われた冬空の、かんと冴え渡った朝だった。参拝客も登山者も、その時節にはほとんど姿が見えず、まだ里帰りをする人もなくて、御嶽山が一年で最も深閑とする季節だった。

母はこの日のために、真白な晒木綿の衣袴《いこ》と、手甲脚半までの一揃いを仕立て上げていた。喜善坊のぼろぼろの鈴懸衣を見よう見まねで誂《あつら》えたのだった。

だが、喜善坊は母がみずから届けた心づくしの衣裳を、着ようとはしなかった。氷点下の寒さだというのに、木の葉の衣と腰簑をつけ、笈を背負って門長屋から出てきたのだった。

衣冠を正した祖父が御神前から手招いても、喜善坊は屋敷に上がろうとせず、庭先に金剛杖を立てて折り敷いた。百日前の夏の夜更けに、ちょうどそこにそうしていた姿を、ちとせは思い出した。

何貫目も瘦せて、見た目もまるで変わってしまったけれど、片膝立ったその姿はとても精悍で潔く、いかにも荒行の末に蔵王権現を感得したように思えた。

父が御神前からにじり出て廊下に座り、祖父の手前を憚るように小声で言い聞かせた。

「満万行だから出て行けとは言わないよ。その体で熊野に向かうのは無理だから、何日かゆっくりして、滋養をつけてからになさい」

いえ、とひとこと答えたきり、喜善坊は目を閉じてしまった。それから祖父が祝詞を上げおえるまで、定まらぬ体をゆらゆらと揺らしていた。

出立は呆気なかった。誰にお礼を述べるでもなく、ただ御神前から罷り出た祖父に向かって低頭し、「鈴木の御師様の世に名高い御験力は、しかと拝見いたしました」と、喜善坊は謎めいたことを言った。

それは何ひとつ教えてくれなかった祖父に対する、嫌味な捨てぜりふのようにも聞こえた。

その一言だけを残して、喜善坊は掛け念仏を唱えながら表門を出ると、よろめくような足どりで杉林の奥に消えてしまった。

門長屋には袖も通さなかった衣袴の一揃いと、手つかずの朝の膳が置かれていた。

そばに寄るだけでも臭くてたまらなかったのに、百日も住まった小部屋はそれこそ御神前のように清浄で、人の暮らした気配がまるで感じられなかった。

ちとせは喜善坊の向かう熊野という場所が、大菩薩の嶺を越えた信州のほうだと勝手に考えていたのだが、思い立って地図で探してみると、あまりに遠いところなので驚いた。遠い昔のご先祖様が、東照大権現様の露払いをしてそこからやってきたということが今さら信じられず、また何百年ののちにそこに向かうキゼンさんが、いよいよ信じられなかった。

「あのなりじゃ、汽車にも乗れないよね」

地図を覗きながら、姉が頬杖をついて呟いた。

喜善坊は熊野には行かなかった。

いや、行ったのかもしれないが、ちとせにはよくわからない。

祖父は日がな一日、御神前の唐紙《からかみ》を閉《た》て切って、長い大祓詞《おおはらえのことば》や聞き覚えのない祭文を奏唱し続けていた。父も家族も、各地の講社に頒布《はんぷ》する御札の仕度に大童だった。

午後になると冬晴れの空がにわかに曇って、ちらちらと雪が舞い始めた。

そんなとき、まるで風を食らって転がりこむように、営林署の作業員が屋敷にやってきたのである。

「御師さん、御師さん」と、山男は捻じり鉢巻を解いて汗を拭き拭き呼んだ。御神前にかしこまる神官の背に向かって大声を上げるなど、尋常を欠いていた。

家族はお狗様《いぬさま》の御札を放り出して廊下に駆けつけた。

「七代の滝のあたりで枯木を引いていたんだが、アッと思ったら天狗岩のてっぺんに人が立っているじゃあないか――」

その先はしどろもどろで、いったい何をしゃべっているのかわからなくなった。

だが、ちとせには見えたのだった。百ヵ日の万行をおえた聖《ひじり》が、木の葉の衣を翼に変えて空を飛ぼうとするさまが。

父は驚きあわてたが、祖父はじっと目を瞑《つむ》っていた。おじいさんにはわかっていたのだ、とちとせは思った。

「捨身《しゃしん》ですね。キゼンさんは、体を供養してしまったんですね」

父が訊ねても、祖父は答えなかった。人々の見守る中で長いこと黙りこくったのち、祖父は意外なことを言った。

「いや、自殺だよ。捨身だの入定《にゅうじょう》だのというほどの行者ではない。修験を志して験力を修められず、思い屈して身投げをした。ただそれだけのことだ」

祖父の声は頬に降りかかる雪のように、静かに冷たく、ちとせの肌にしみ入った。

祖父は御嶽山の平安のために、嘘をついていると思った。天狗岩から身を躍らせることが、けっして自殺ではなく行法のうちだと知っていなければ、喜善坊を送り出したあとあれほど根をつめて祈り続けるはずはなかった。

もしかしたら祖父は、キゼンさんをひとめ見たときすでに、わが身を天然に回帰させようとする行者の覚悟を、見透していたのかもしれない。その覚悟をいっそう鞏固《きょうこ》にする百ヵ日を、祖父が与えたような気がした。

修験者としての満万行の日が、人間として死ぬ日だと知っていたのは、喜善坊と祖父だけだった。

きっと山伏という人々は、神様も仏様も顕《あらわ》れないずっと昔から日本の山野に住まっていて、そののちの神様や仏様や人間の時代から取り残されてしまったのだろう。そう思うと、ありがたい人かかわいそうな人か、ちとせにはわからなくなった。

だから、わからなくなったその先は、キゼンさんが人間をやめて木になったと、思うことにした。

*

「それからのことはよく知らない。キゼンさんの亡骸は谷底から引き上げられて、おまわりさんや消防団の人が戸板に乗せて運んで行ったらしいけれど、私は見てもいないの。新聞にも載らなかったし、噂にもならなかった。山の中で自殺をする人は珍しくもなかったからね。さあ、きょうの話はこれでおしまい。夢見が悪くならないように、子《ね》の権現様にお願いしておくから、安心しておやすみなさい」

伯母は闇の中ですっくと立ち上がると、廊下を軋ませて去ってしまった。

私は星あかりの中でまぼろしを見た。天狗岩の頂に立って印を結び、そのまま歩み出して声ひとつ上げず、剣でも投げたように谷底へと落ちてゆく行者の姿だった。だがその想像は、少しも恐怖を伴わなかった。むしろ病に苦しむよりも、懐疑と苦悩の果てに死を選ぶよりも、むろん強いられた死よりも、正しい方法のような気がしたからだった。

天狗岩の頂に据えられた小さな烏天狗の像は、祖父か曾祖父が設えたものかもしれない。

眠りに落ちる前に、私は思いついて「懺悔懺悔、六根清浄」と、わけはわからないがたぶん悪夢を阻んでくれそうな掛け念仏を、いくらかキゼンさんの口ぶりを真似てくり返した。

見知らぬ少年

荻窪駅を過ぎると、沿線の風景が一変した。

建てこんだ住宅街がふいに絶えて、田畑や鎮守の森や、武蔵野の雑木林が遥かに拡がるのである。

小学校に上がるころに中央線の車窓から見た景色は、まだそんなふうだった。

郊外の駅舎はみな木造で、がらんとした駅頭にはボンネット型の乗合バスが停まっていた。

橙色の新型車輛が中央線を走り始めたのはそのころだったが、色彩の乏しい時代にはあまりに奇抜すぎて、数の少い当初は進駐軍の専用列車だと信じている人もあった。

事実その少し前までは、立川の基地と都心を往還する米兵の専用車輛が、濃茶色の列車に連結されていたのである。そして橙色の電車が登場してからもまだしばらくの間は、新宿発松本行の蒸気機関車が、威風堂々と走っていた。

中央線は市街地をのんびりと進み、風景の変わる荻窪の先からは速度を増した。気分が高揚した。それは山里の母の実家に向かうからではなく、大家族と大勢の使用人に囲まれた過密な家を出て、自然の中に解き放たれる喜びであったと思う。

立川駅は異界の玄関だった。当時のその町は東京の延長ではなく、新宿とも中野ともちがう個性を持っていた。

いくつもの路線の乗換駅だからプラットホームが並列し、跨線橋《こせんきょう》の上では東京のように一律ではない、さまざまの風体の人々とすれちがった。たまたま日曜日であったりすると、構内は陽気な米兵で溢れた。

青梅《おうめ》線は今も昔も、多くのプラットホームの北の端に、まるで間借でもするようにちんまりと引き込まれている。その始発駅のホームには、濃茶色の国鉄車輌のうちでもとりわけ古調な、たとえば歪んだ鉄板に鋲を打ちつけたような短い何輛かが私を待っていた。

青梅線の車内が混雑していたためしはなかった。わずかな乗客も立川に近い拝島や福生で降りてしまって、青梅駅から先はがらんどうになった。それとともに多摩川の源流は谷《きわ》まり、車窓の両側には峻険な山が迫った。

いよいよ異界である。ここも東京都にはちがいないのだが、その鄙《ひな》びようと景色の様変わりは、とうてい東京の地続きとは信じられず、私は長いことそのあたりが、信州か甲州のどこかに定められた東京都の飛地のように思っていた。

単線の軌道は小さなトンネルをいくつも潜りながら、山肌を擦るようにして走る。上りの列車を待ち合わせるためにしばらく停車していると、断崖の下を流れる多摩川の瀬音が迫ってきた。

そうしてようやく、御嶽《みたけ》駅に到着する。神道が権威を持っていた時代に建てられた駅舎は神社を模したデザインで、旧官幣大社の下車駅にふさわしく、皇族方や勅使を迎えるための別の階段までが設《しつら》えられていた。

駅舎の外には、近くの山中で捕えられた熊の檻があって、御嶽駅の名物になっていた。

異界への旅はさらに続く。駅前から乗合バスでケーブルカーの山麓駅をめざすのである。多摩川を渡り、長い急坂を唸りながら登りつめた空を被う杉の森の中に、山麓の滝本《たきもと》駅がある。

そのあたりではっきりと神気を感ずる。気温が急激に下がるせいばかりではない。御嶽山には八百万《やおよろず》の神が遍満していて、麓の森のそのあたりにまで、じっと蹲《うずくま》っているように思えるのである。

ケーブルカーは山を登るというより、まさに天に昇る感じで滝本の駅舎や家々をつき放し、やがて視野にはろばろと関東平野が豁《ひら》けてゆく。

山頂駅の駅員には、しばしばこう訊ねられた。

「あんた、ナリちゃんの子かね、それともキョウちゃんの子かね」

私の母は「也子《なりこ》」と言った。七人目の子供であったから、もうこれで終《しま》いだろうという意味で、文末に使う「也」の字を名前とした。

ところが、もうひとり娘を授った。「也」の下ならどうしたものかと、祖父母はよほど考えあぐねたのであろう。あげくにその叔母には、「京子」という当たり前の名が付いた。

いとこやはとこの誰が似ているとも思わないのに、他人から見れば鈴木の眷族《けんぞく》が一目瞭然であることが、私はふしぎでならなかった。

山頂駅から母の実家までは、古代の杉に鎧《よろ》われた険しい参道を、さらに三十分も登りつめねばならない。その間に私はなぜかきまって、母の兄弟姉妹の名を唱え続けた。

誰が里帰りしているか知れないから、挨拶するときに名前を取りちがえてはならないと考えたのだろうか。あるいは親族の多様な名前が面白かっただけなのだろうか。

志乃《しの》。千登世《ちとせ》。康《こう》。勉《つとむ》。起世《おきよ》。学文路《かむろ》。也子。京子。

実はその上の世代にも、様々の雅びな名を持つ大勢の大叔父と大叔母が健在であったのだが、とうていそこまでの名前は覚えきれなかった。

参道は歩むほどに神さびてゆく。東京とも昭和とも無縁の、時も場所も昔と変わらぬ森の中に、御師《おし》の屋敷が姿を顕《あら》わす。太古から神々を祀ってきた、三十余の神官の家である。それらはどれも一様に苔むした茅葺きの大屋根を頂いているが、もともと山を削り石垣を強固に組んだわずかな平地に建つせいで、かたちはさまざまに美しかった。

しかも講社の団体を泊める宿坊を兼ねるから、どの屋敷も巨大である。

やがて神社にほど近い急坂の中途に、「神代欅《じんだいけやき》」と称する天然記念物の大樹があって、その根方を折れた小径《こみち》を登りつめたところが、母の生家だった。

森の中を東西に延びる総二階は、東京の郡部では最大の木造建築とされていた。むろん増改築がくり返されているから、その家の来歴については、誰も詳しくは知らない。

玄関に立つと、杉林を渡ってきた風が、暗渠《あんきょ》のような屋敷の奥に向かって吹き抜けた。

式台の脇の下駄箱には、子供の運動靴が何足も納まっていた。いとこやはとこの誰々が来ているのだろうと、私は胸をときめかせた。

子供が声を張り上げたところで届きはしない。かまわず上がりこんで、出会《でくわ》した人に挨拶をするのがこの屋敷の習いだった。

偶然であったのか、それとも亡き祖父母の祭事でもあったものか、その夏はかつてないほど大勢の親族が屋敷に集まった。

同じ齢頃のいとこだけでも十人ほど、それにはとこやら遠縁の子供やらが加わって、まるで林間学校のような賑わいになった。

昔の素封家にはよくある話だが、曾祖父の末の子供らと祖父の年長の子供らは年齢が重なっていた。つまり私と同じ齢頃であっても、実は母のいとこにあたるという子供も何人か加わっていた。

そんなわけだから、大勢の子供らの中には、まったく見ず知らずの顔もあった。しかし、林間学校よろしく大広間で賄《まかな》いの卓を囲めば、やはりどの顔にもそこはかとない相似を見出すことができた。

親類はそれほど広範囲に散在しているわけではなかった。これも旧家の常で、家統の純血を守るために、嫁取りや婿入りをする家があらまし決まっていたのである。だから親戚といえば、御嶽山を扇の要として、青梅、秩父、五日市、といったあたりに集中しており、せいぜい私の母の代になってから、中央線の沿線や青梅街道ぞいに、新しい親類ができた程度だった。

初対面の子供らの顔が似通っていたのは、古くからくり返された近親婚のせいかもしれない。一族の関係は複雑すぎて、系図に書き表すことは不可能だった。

小学校の一年か二年の夏であったから、ひとりで母の里に向かったはずはないのだが、どうしたわけか同行者の記憶は消えている。

玄関の式台も表廊下も、ひんやりとしてここちよかった。海抜一千メートルの山頂では、夏のかかりから蜩《ひぐらし》が鳴いた。

障子を開け放った大広間では、いとこやはとこたちがまるで魔法でもかけられたように、思い思いの格好で昼寝をしていた。

大階段を繞《めぐ》って奥居《おくい》の襖《ふすま》を開けると、大人たちが昼食を摂っていた。薪《まき》の燻《いぶり》香《が》が濃くなった。

「あら、いらっしゃい」と、どれがどれやらわからぬほどよく似た顔の伯母たちが、よく似た声で言った。「黙って入ってくる者があるかね」と、伯父がさっそく叱った。

一族の大人たちに男は少なかった。若いうちに胸を病む人が多く、戦死した人もあったが、何よりも山上の厳しい冬を耐え切れずに死んでしまう赤ん坊は、きまって男の子だからだった。私の祖父が養子であったのも、そのせいだった。

私は改まって「こんにちは」と言い、笑顔に迎えられて蕎麦に呼ばれた。

やはり母や兄が一緒であった記憶はない。もしかしたら、私ひとりが逸《はや》る心で、山道を先に駆け登ってきたのかもしれないが。

「ずいぶん静かだが、子供らは出かけたかね」

伯父が蕎麦をたぐりながら言った。

「おひるね」と私は答えた。

「そうかね。だったら今のうちにお参りしてきなさい。みんなと遊ぶより先だよ」

何はさておき神社に詣でることが、神に対する儀礼だった。講社の敬虔《けいけん》な氏子たちは、屋敷にようやくたどり着いても縁側に荷物だけ置いて、そのまま神社に向かったものである。

そのつもりで食事をおえ、玄関に戻りかけると、大広間の向こう側の裏廊下に、段上がりの敷居に腰かけた子供のうしろ影が見えた。

ひとりだけ目が覚めたのだろうか、ぼんやりと半ズボンの膝を抱えて、眼下に豁ける関東平野を眺めていた。

大広間は表と裏に廊下が通っていて、夏には極楽もかくやはと思えるほどの、さわやかな風が吹き抜けた。

「ヒロシちゃん?」

と私は呼びかけた。うしろ姿がひとつ齢かさのいとこに見えたからである。

しかし、振り返った横顔にはまるで憶えがなかった。

神社までの三百段の石段をひとりで登るくらいなら、つれあいは誰でもよかった。そこで私は、いとこたちを起こさぬよう足音を忍ばせて大広間を横切り、見知らぬ親類のかたわらに腰をおろした。

少年はおろしたてに見える真白な開襟シャツを着ていた。ほっそりとした上品な顔立ちには、坊主頭が似合わなかった。

ひどく内気な子供に思えたので、私から切り出した。

「お参りに行こうよ。みんな寝てるから、つまらないだろ」

少年は羞《はじら》うように尻をずらして、柱にもたれかかった。まるで女の子のようなしぐさだった。

「ねえ、一緒に行ってよ。お参りしないとおじさんに叱られる」

私は少年の腕を摑んで立ち上がった。やはり女の子のように細くて柔らかな腕だった。

少年は抗わなかった。

玄関の式台に出て名前を訊ねた。

「かしこ」と、少年は答えた。

「女みたい」と、私は笑った。すると少年は、山百合を生けた花鉢の水に指を浸して、式台の板に「畏」という難しい字を書いた。

「女じゃないやい。かしこみかしこみもまをす、のかしこだよ」

子供心にも納得がいった。「畏み畏みも白《まを》す」で締められる禊祓詞《みそぎはらえのことば》は聞き慣れていた。伯父は毎朝、御神前《ごしんぜん》に傅《かしず》いて祝詞《のりと》を上げたし、生家の祖父母も御嶽神社を勧請した神棚に向かって、やはり毎朝そう唱えていた。

「おじいさんが付けて下すった名前なんだから、茶化さないでおくれよ」

かしこという少年は、そう言ったなり足に余る駒下駄をつっかけて、玄関を駆け出して行った。

それから二人して社殿に詣でたはずなのだが、あいにく記憶を欠いている。ただ、よほど道草を食ったものか、帰り道は奥の院から湧き落ちてきた霧が行手をとざして、心細い思いをした。

かつて中里介山が『大菩薩峠』に描いた通り、御嶽山は霧の名所だった。たそがれどきにはきまって霧が降りてきて、風景を隠してしまった。

行方を見失って急な石段を踏みまどう私に、かしこは手をさし延べてくれた。それは山の子供らのように、自然に親しんだ頑丈な手ではなかった。誰かに手をつないでもらったのではなく、自分の手と手を祈るように組み合わせたような気がした。

苗字を訊ねた。返答は霧にくぐもった。

「すずき」

親類の子供らのうち半分以上は「鈴木」の姓を持っていたから、思いがけなかったわけではない。だが、「すずきかしこ」と口にしてみれば、その響きはまるで伝説の英雄の名のように美しかった。たとえば、「やまとたける」のように。

かしこにいざなわれて屋敷に戻った記憶はない。

厄介者がこうまで多くなると、食事の折なども居間には収まりきれなかった。

そうしたときの方法はきまっていた。子供らだけが大広間に長い卓を並べて食事を摂り、めいめいに蒲団《ふとん》を敷いて寝るのである。

遠い昔からいわゆる御嶽詣の宿坊であり、山岳部の合宿やら小中学校の林間学校にも使用されていたので、私たちも同様のあしらいだった。

親に連れられて神社を参拝し、日帰りか一泊で帰ってしまう子供もあり、私のように一夏をのんびりと過ごす子供もあった。つまり、いとこはとこの数は日ごとに増えたり減ったりした。

私たちの世話を焼いてくれたのは、明治生まれのちとせ伯母だった。ゆえあって嫁ぎ先から実家に戻っていたこの伯母は、誰がそうと決めたわけでもなかろうが、どれほど忙しくても子供らの面倒を見てくれた。

夕食の声がかかると、子供らはそれぞれ台所で膳を受け取り、大広間に設えられた席につく。勝手に箸を取ってはならない。やがて伯母がお櫃《ひつ》を抱えてきて飯を盛りつけ、「召し上がれ」の声とともに食事が始まった。

伯母はお櫃のかたわらにずっと座り続けていた。それも旧家のしきたりであったのだろうか、食事中に立ち上がることは禁忌とされていて、「おかわり」と言えば伯母がいちいち立って飯碗を取りにきた。

口やかましい人ではなかったが、伯母には子供らをおのずと黙らせる威厳があった。

その夜の大広間には、かしこの姿が見当たらなかった。それはべつだんふしぎなことではなかった。親族の中には客間を使う人もあって、私も生家の父や祖父母と訪れるときには、客として宿泊したからである。

おそらく、かしこの家はいくらか遠縁なのか、あるいは家族が一緒なので、そうしているのだろうと思ったのだった。

おかわりの盆を運んできてくれた伯母に、私は何ら他意もなく訊ねた。

「かしこちゃんは？」

そのとたん伯母は地顔のほほえみをふいに消した。飯碗の載った盆も膝の上に置いたままだった。

「おまえ、いま何て言った？」

伯母は怖い顔をした。私どころか左右のいとこたちまでが、思わず箸を止めた。私には叱られる理由がわからなかった。

「かしこちゃんは？」

と、もういちど呟いた。伯母はまじまじと私を見据えた。

「悪い冗談はたいがいにおし」

飯碗を受け渡すと、伯母は何ごともなくもとのお櫃番に戻った。黒い着物の背筋をすっくりと伸ばしたまま、ときどききついまなざしを私に向けた。

いったい何がいけなかったのだろう、何が悪い冗談だったのだろうと、私は考え続けねばならなかった。

たぶん私の態度に何かしら粗相があって叱られたのだろうけれど、思い当たるところがなかった。畳の上にこぼれていた飯粒を拾い、いくらか崩していた膝を揃え直しても、伯母はまだきついまなざしを私に向けていた。

子供らがみな箸を置くのを見届けると、伯母は改った口調で「はばかりさまでした」と言った。それに答えて、私たちは「ごちそうさまでした」と声を揃えた。

親しいいとこたちに、かしこの名を訊ねたのだが誰も知らなかった。

「お客さんの子供だよ」という、ひとつの回答に私は得心した。はなから親類だと決めつけたのは思いちがいで、宿泊客の子供が退屈をして遊び仲間を探していたのだとすれば、ふしぎは何もなかった。

家族旅行で訪れた都会の子供は、御嶽山の大自然や広い空間を持て余してしまう。もともとが講社のための宿坊だから、遊具の用意などなくて、子供にとっては愛想のない宿である。だから私たちの遊びの輪の中に、宿泊客の子供が紛れこむのはよくあることだった。むろんその客の苗字が「鈴木」であっても、べつだん偶然というほどではあるまい。

しかし、仲間に入れても客は客だから、私たちは気遣いを忘れなかった。もし泣かせでもしようものなら、理由のいかんにかかわらず大目玉を食うからである。

そこまで考えつくと、伯母に叱られたわけも何となくわかった。客の子供の名前を軽々に口に出した節操のなさを、伯母は叱ったのだと思った。

格式高い神社の宿坊であるから、賓客が訪れることも多かった。かしこがそうした特別な客の子供だとしたら、伯母が気を揉むのも当然だった。

私とかしこが親しげに手をつないでいるさまを、伯母は見かけたのかもしれなかった。

あれこれ思い悩んだ末に、私はかしこについてそんな憶測をし、勝手な了簡をした。

御嶽山の夜は長かった。

まだ日の残るうちに夕食をすませたあとは、夏休みの宿題にかかるよう言いつかっていたが、大勢のいとこはとこが集まればそんな時間割は消えてなくなった。

子供らの賄いをおえれば客の食事である。台所は戦場のような有様で、箱膳を四つ五つも重ね持った女中たちが、ひっきりなしに廊下を行き来した。

大切な客を食事処に集めていっぺんに飯を食わせるなど、昔の宿にはありえなかった。それぞれの座敷に、温かい料理のさめぬよう按配しながら、二の膳、三の膳と運び続けるのである。

酒はあらましが燗酒であるから、勝手口の土間に火鉢を据えて金盥《かなだらい》を載せ、お燗番の女中が付ききりになった。

客が古いなじみの氏子であれば、夕食は神様と御饌《みけ》を共にする直会《なおらい》という立前である。そうした座敷には、浄衣《じようえ》に浅葱色《あさぎいろ》の袴を着けた伯父が回って、盃を交わさねばならなかった。

そんな具合で長い夜は更けてゆく。子供らが宿題をしていようが遊んでいようが、大人たちの目には留まらなかった。

肝だめしをしよう、と誰かが言い出した。女の子はお手玉やらおはじきやらで暇を潰せるが、男の子はこまごまとした遊びには飽いてしまうのである。話はとんとん拍子に進んだ。昔の少年たちは怯懦《きょうだ》を何よりも恥としていたから、誰も嫌だとは言わなかった。

一人で行くのか二人一組で行くのか。神社に上がるか、それとも東尾根の奥津城《おくつき》に向かうか。

やはり怯懦を恥ずる気持ちがまさって、結論は簡単に出た。一人ずつ、好きなほうに行く。幼い子供を除いた小学生の男児は七人か八人もいたが、奥津城を選んだのは私だけだった。

墓場よりも神社のほうがまし、という大方の意見には首をかしげた。人間の死体が土葬された墓場よりも、得体の知れぬ神々の住まう社殿のほうが、私にはずっと怖ろしい場所に思えたのだった。それに、距離はどちらも同じくらいだが、石段の登り下りに較べれば、あらまし平坦な尾根道は楽だと思った。

二張の提灯《ちょうちん》が用意され、火が入れられた。それは何も肝だめしの小道具ではなく、山上の暮らしではいまだに、懐中電灯よりも重宝されていたのだった。提灯には抱稲《だきいね》の家紋が入っていた。

万が一、誰かに見咎められたなら、鳥居前の参道でみやげ物屋を営む分家に行くのだ、という嘘まで申し合わせた。

出発点は玄関と決め、参加しない女の子や幼児までが、怯えながらついてきた。恐怖心と高揚感がないまぜになった、妙な気分だった。

ところが、玄関の式台で思いがけぬ異論が持ち上がった。ひとりひとりの帰りを待っていたのでは時間がかかってしまうから、神社のほうは二人一組で行こう、というのである。

「だったら僕も神社にするよ」

と、私は当然の抗議をした。いくら何でも、私ひとりだけ墓場に向かうのは不公平だった。時間がかかる、などという理由が怯懦の言いわけであることもわかっていた。

しかし、私の翻意は認められなかった。いとこたちは一等年少で生意気な私に意地悪をしたのだった。

理不尽にはちがいないが、腰抜けよばわりされたのではたまったものではない。腰抜けはどっちだと思いながら、私はさっさと奥津城に向かって歩き出した。

右手に提灯の柄を、左手に名前を書いた割箸を握っていた。奥津城の先祖の墓のどこかに、その割箸を置いて帰るのである。

東の門を出て小径を下り、神代欅の根方をめぐれば、月明りの届かぬ竹藪に入る。そのあたりの真の闇は身の縮むほど怖ろしくて、腰抜けでもいいから引き返そうかと立ち止まった。

そのとき、振り向いた藪道の先から、人影が近付いてきたのである。私が出発したあと、やっぱり意地悪が過ぎたと考えた誰かが、ついてきてくれたのだと思った。

孟宗の藪が夜風にさざめく細かな縞紋様の中に、純白のシャツが際立った。私たちのなりゆきをどこでどう見ていたものか、かしこが後を追ってきたのだった。

ほっと胸を撫で下ろして、私はべそをかいてしまった。かしこの登場は泣きたくなるくらい嬉しかった。

「みんな、ひどいじゃんか」

かしこは私のかわりに、子供らの非道を責めてくれた。

「あれ、かしこちゃんは御嶽山の子なの？」

と、私は思いついて訊ねた。御嶽山は方言のきつい土地柄ではないが、言葉尻にしばしば「じゃんか」と付くのが特徴だった。

へへっ、とかしこは笑った。提灯の上あかりに照らされたおもざしは、少女のようにあどけなく、愛らしかった。

「そうだよ」

かしこは私から提灯の柄をやさしく奪うと、かわりに手をつないで歩き出した。

尾根道には木立がなく、藍色の夜空がいっぺんに豁けた。月は雲居に隠れていたが、そのぶん星が溢れて、濤々と流れる天の河がそのまま地平に鏤《ちりば》められた東京の灯に傾《なだ》れ落ちていた。

歩きながらかしこは、つないだ手を振って拍子を取り、古い軍歌を唄った。

四百余州を挙《こぞ》る　十万余騎の敵
国難ここに見る　弘安四年夏の頃
何ぞ恐れんわれに　鎌倉男児あり
正義武断の名　一喝して世に示す

私たちの世代には、まだ生活の中に軍歌が生きてはいたが、いかにも古臭いそんな歌は聞いたためしもなかった。

「元気が出るんだ。教えてあげるから一緒に唄おうよ」

運動会の行進曲に、むりやり難しい言葉を詰めこんだような奇妙な歌だった。だが、かしこの後について一小節ずつ唄うと、意味はわからなくとも肚《はら》の底から勇気が湧いてくるような気がした。

「学校で教わったの？」

「そうじゃないよ。おじいさんが教えて下すったんだ」

「かしこちゃんのおじいさんは、兵隊さんだったんだね」

「ちがうよ。神主さ」

「あれ、それじゃあ僕と同《おんな》しだ」

私は歩きながら夜道を振り返った。杉木立に被われた御師の家々が、山顚《さんてん》の神社に服《まつろ》うように灯をともしていた。

かしこはどこの屋敷の子供なのだろう。三十余家の神官の中に、鈴木の姓を持つ家がほかにあるのだろうか。

そのとき私は、ひとつの矛盾に気付いたのだった。

御師の家はそれぞれが雅びな屋号を持っていた。しかし私の家だけが、それを持たずに「鈴木」という姓で呼ばれていた。

太古から御嶽山に住まう神官の家には同姓が多いから屋号を必要とするが、江戸時代の初めに定住した「鈴木」の姓は一軒きりだからである。

伯父に聞かされていたそんな話をたどれば、かしこは嘘をついていることになる。

とまどう私の手をつんと引いて、かしこは奥津城への道を急いだ。

「この歌は軍歌じゃないんだよ。昔むかし、蒙古の大軍が日本に攻めてきたとき、お侍さんたちが迎え撃ったんだ。それで、負け戦になりそうだったんだけど、神風が吹いて敵の船をみんな沈めちゃったんだよ」

その話は聞いたことがある。小学校の先生はひとくさり語りおえたあとで、「神風なんかじゃなくて、たまたま台風がきたんだ」と種明かしをし、子供らをがっかりさせたものだった。

「やっぱり学校で教わったんだね」

「そうじゃないって。おじいさんが教えて下すったんだよ」

かしこに同じことを二度言われて、その「おじいさん」がいったい誰なのかがわかった。考えたわけではなく、それしかない答えがふいに降り落ちてきたのだった。

まるで行手の闇に投写された幻灯のように、見もせぬ時代の点景が私の胸に映し出された。

表廊下の陽だまりで、白髯を蓄えた老人が幼い孫の手を取って勇ましい歌を教えている。聡明な少年は意味もわからぬまま、難しい歌詞を丸呑みに覚えてゆく。その坊主頭を撫でながら老人は相好を崩して言う。「かしこみかしこみのかしこじゃあなくって、おまえはかしこいかしこだな」と。

しかし、次の点景が闇に映し出されたとたん、私は胸苦しくなって、かしこの手を強く握りしめた。

凩《こがらし》に吹き晒された尾根道を、葬列がしめやかに進んでゆく。幣帛《へいはく》が風にちぎれて舞い、頂に榊の枝を立てた幡《ばん》が翻る。小さな新木の棺は神官たちが担いでいるが、それはいかにもかろがろとしている。そのすぐ後から、験力《げんりき》こそ持たぬが心やさしい祖父が、かたときでもそうしていたいのであろうか、祓詞のかわりに人の泣声を上げ、純白の衣にくるんだわが子の亡骸をかき抱いて歩んでゆく。

やがて私とかしこは、まぼろしの葬列の後を追うように、星明りの奥津城に足を踏み入れた。

「もう少しだよ。腰抜けにされたんじゃかなわない」

かしこは唄いながら、私を励ましてくれた。いつしか悲しみが胸に満ちて、怖じる心は消えてしまっていた。

鈴木の墓所は奥津城の東の端に、長細く整然と鎮《しず》まっていた。雲居から放たれた月が、あたりの闇を押しやった。

夥しい数の墓石は御嶽山の歴史を映して、武張った石塔であったり、苔むした野仏であったりした。片仮名のコの字に組まれた墓所の中央には、ひときわ立派な曾祖父夫妻の墓石が建ち、その隣にいくらか謙《へりくだ》った、まだ新しい祖父母の墓があった。

私はここまでたどりついた証拠の割箸を、祖父の墓石に供えた。

「いでや、すすみてちゅうぎに、きたえしわがかいな、ここぞくにのため——」

幼い伯父は私のために唄い続けていた。それはいつまでも聴いていたいほど清らかな歌声だったが、溢れる悲しみがまさって私は言った。

「わかったから、もういいよ。僕は腰抜けじゃないから。もう二度と怖がったりしないから」

私はつないだ手をほどいて、提灯を取り返し、神前にぬかづくように深く頭を下げて、「ありがとう」と付け加えた。

祖父の墓石のかたわらには、初夏に白い花を咲かせるつつじの古木があった。茂るにまかせて地を蹲《つくば》う枝に隠された、丸く小さな岩に私は目を留めた。

枝を手《た》折《お》って指先で探ると、すりへって確かにはたどれぬが、たぶん「かしこ」とだけ彫られた仮名文字が触れた。ほかには何ひとつ、享年も没年もなかった。

ふるさとの巌《いわお》とつつじを標《しるべ》として、小さな棺はそこに埋められたのであろう。墓石のつややかな丸みは、風雪に磨かれたのではなく、長命を得た祖父が愛おしみ慈しみ続けた証《あかし》のように思われた。

立ち上がって顧みると、かしこの姿はどこにも見当たらなかった。神上《かむあが》った父祖の気配をそちこちに感じたが、語りかけてくる魂はなかった。

見上げれば星々は天に満ちて、それらのひとつひとつが、私の命につらなっているように思えた。

それから私はどうしたのだろう。恐怖がぶり返して夜道を駆け戻ったのか、あれこれ物思いながら帰ったのか、やはり記憶にはない。

「その話を、ほかの誰かにしたか」

あたりに耳目のないことを確かめてから、伯父は訊き返した。

「誰にも話してないけど――」

かしこ、という名前を口にしただけで、ちとせ伯母に睨みつけられたこと、「悪い冗談はたいがいにおし」と叱られたことを、私は伯父に告白した。

「夢だったんだよね、おじさん」

私は伯父の答えを強いた。そのころの私は、自分の中に伝えられた力を信じてはいなかった。予感はただの勘働きだと思っており、見聞きしてしまったものは夢と決めつけていた。

まさか現とは思えず、夢にしては瞭《あきら》かすぎる体験をした日から、何日か後のことだった。いとこはとこたちとの遊びの輪の中から抜け出して、「ふしぎな夢の話」を伯父に伝えたのである。

いや、もしかしたら、ちとせ伯母から気味の悪い話を聞かされた伯父が、私を問い質したのかもしれない。

かしこという子供と神社を詣でたこと、その晩の肝だめしでの出来事を、私は審《つまび》らかに語った。伯父と私は涼風の吹き抜ける北向きの裏廊下に、膝を揃えて座っていた。

伯父はしばらく考えこむふうをし、しきりに咽を鳴らしては懐紙を使った。

「ねえ、夢を見ていたんだよね」

ふたたび伯父に訊ねた。

「ああ。そりゃあ、夢だよ」

ようやく返ってきた答えに、私は胸を撫で下ろした。だが、安心もほんの一瞬だった。

夢だと言っておきながら、伯父は夢にはありえぬことを、とつとつと話し始めたのだった。

「おじさんは、本当ならこの家の跡とりじゃなかった。ちとせおばさんとおじさんの間に、もうひとり惣領の男の子がいたんだ。おまえと同じぐらいのころに死んでしまったから、おじさんはよく憶えていないんだがね」

「かしこさん」

と、私は清らかな名前を口ずさんだ。

「だから、ちとせおばさんがびっくりするのは当たり前だよ。おおかた、おまえがおかあさんから聞いた昔話を種にして、おばさんをからかったとでも思ったんだろう」

「かわいそうだね、かしこさん」

伯父は莨盆《たばこぼん》を引き寄せて、浄衣の袂《たもと》から巻莨を取り出した。伯父の所作はいちいちが端正だった。

「あんがいそうとも言えない。名前も付かぬままに死んでしまった子供が、ほかに何人もいるんだから」

伯父は何だか扱いかねるいたずらっ子に困《こう》じ果てたように、私を横目で見た。

「夢にはちがいないが、誰にも言うんじゃあないよ」

「おかあさんにも？」

「そうだよ。おまえはきっと、これから先も妙な夢を見るだろうけれど、けっして口に出しちゃいけない。いいね」

私はこっくりと肯いた。しかし心の中では得心ゆかずに、(どうして?)と声にせず呟いていた。

すると伯父は、口髭を歪めてさもおかしげにほほえんだ。

「そりゃあおまえ、夢だからだよ」

伯父はそう言って、神の息吹《いぶき》のような白い煙を、風に向かって吐き出した。

かしこは二度と姿を現さなかった。

私が過ごした一夏のうちに、親類の子供らはたびたび入れ替わった。誰かがやってくるたびに、玄関まで飛んでゆくのだが、そこにいるのはどこかしらかしこと似た、いとこはとこだった。

夏の終わりに山を下った。心が塞ぐのは、少しも進まなかった宿題のせいばかりではなかった。御嶽山からの帰途は、いつも憂鬱《ゆうう》な気分になったものだ。

ケーブルカーの駅までの下り道で、私はいくども振り返った。山頂の神社の真下に、大杉の森を貫くようにして長く延びる屋敷を見出すのは容易だった。

歩きながら、胸はずませて登ったときと同じように、母の兄弟姉妹の名前を唱えた。思いついて「千登世」と「康」の間に「畏」の名を並べた。するとまるで、塗り忘れていた空白が色で塡《う》まり、一枚の絵が描き上がったような気がした。

山に登るときの浮き立つ気分はいつも同じだが、帰り道はそのたびに、ちがうことを考えた。

急勾配のケーブルカーの窓から、遠ざかる山頂を見上げた。そのときふと、御嶽山は八百万の神々が坐《いま》す山なのではなく、山そのものが神なのではないか、と思った。その肩や胸や膝を借りて人々が暮らし、遥かな昔から、不死の神々に較べれば虫けらのように短い生を、くり返してきたのではないか、と。

鋼《はがね》の索条に巻き上げられて登る車輌と、吊り下げられて下る車輌は、勾配の中ほどですれちがう。見知らぬ人々が手を振り合う。

たまたまそのときは、私の乗る赤い車輌に夏休みをおえようとする子供らが多くあって、登ってゆく青い車輌には講社の団体であろうか、揃いの羽織を着た老人たちが乗っていた。折しも山上から、霧の降りてくる時刻だった。もしかしたら、神上る霊魂と地上に生まれる霊魂は、天空のどこかで、こんなふうにすれちがうのではあるまいか、などと思った。

滝本の駅に降り立つと、山上にはありえぬ蒸し暑さを肌に感じた。山麓をバスで下るみちみち、不快感は強くなった。

気温が上がるばかりではなく、空気が穢《けが》れるのである。そして悲しいことには、肌が穢れてゆくほどに、かしこの清冽な記憶は喪われていった。

御嶽駅のプラットホームから、リュックサックを揺すり上げて山頂を探したが、そのあたりは幕を張ったような厚く白い雲に隠れていた。

私は湿ったベンチに腰かけて、かしこの声やおもざしを思い出そうとした。幼くして死んだことよりも、忘れられてしまうほうが不憫《ふびん》に思えたからだった。だが、そう思うそばから、かしこのおもかげは霧にくるまれるように遠ざかっていった。

伯父にそうと決めつけられるまでもなく、かしこは夢になってしまった。だが夢でないことには、奥津城へ向かうみちみちかしこが教えてくれた歌を、意味こそよくはわからぬが、一言一句たがわずに覚えていた。

「なんぞおそれんわれに、かまくらだんじあり、せいぎぶだんのな、いっかつしてよにしめす――」

口ずさむほどに塞ぐ心が霽《は》れ、私はベンチから立ち上がると、夏の終わりを告げてやってくる汽笛を待った。

宵宮の客

その客は篠つく雨の山道を、破れた三度笠に尻端折《しりばしより》で登りつめてきたのだとちとせ伯母は言った。

子供らが寝物語に耳を澄ます窓の外は、杉の森が轟々《ごうごう》と鳴るほどの雨だった。雨音を縫うようにして、いずくからか物悲しい笙《しょう》の音《ね》が伝ってきた。

「あの晩もこんなふうに、あんたらのおじいさんがお囃子《はやし》の稽古をしてらした。いくら修行を重ねても験力《げんりき》は身につかなかったけれど、芸事の達者な人だった。笙も笛も篳篥《ひちりき》も上手だった。もしかしたらあんたらのうちの誰かしらは、音楽家になるかもしれない」

御嶽山《みたけさん》の御師《おし》の家々は隔たっているから、よその屋敷の物音が伝わるはずはなかった。だとすると、あの夜の笙の音の主は伯父だったのだろう。

「あした、お稚児《ちご》さんになるのは誰々だね」

伯母に問われて、何人かのいとこが蒲団《ふとん》の中から手を挙げた。

「おや、おまえさんは？」

私は黙ってかぶりを振った。母に言い含められ、自分もすっかりそのつもりで山に上がったのだが、金襴《きんらん》の衣裳を見たとたん怖気づいてしまった。さんざ追いかけ回されたあげく、「そこまで無理強いするものじゃあない」という伯父の一言に私は救われた。このまま雨が降り続けば、稚児行列もとりやめになるだろう。泣いて逃げ回った分だけ損をした、と私は思った。

思ったとたん伯母が、枕元に座ったまま私の心を覗きこむように顔を寄せてきた。

「御嶽山のお祭りが、雨で流れたためしはないんだよ」

それから伯母は、寡婦のような黒い着物の背をすっくりと伸ばして、私が初めて聞く昔語りを続けた。

＊

父は大広間の御神前《ごしんぜん》に着流しの普段着でかしこまり、朗々と笙を吹いた。

太々神楽《だいだいかぐら》のおさらいだと父は言うのだが、ちとせにはそれがとうてい稽古とは思えなかった。幼い姉妹は背うしろで聞いて飽くことがなかったし、そうしているうちにふと気付けば、家族もみな集まって耳を傾けており、雨戸を閉《た》てた廊下には女中や使用人たちまでが座っていた。

ひごろ婿養子の父を疎んじている祖父も、そのときばかりは白髯を撫でながら陶然と聴き入っていた。

そもそも笙や篳篥の手ほどきをしたのは祖父だったが、父には天賦の才があって、じきに教えることなど何もなくなったらしい。婿入りして十年が経ったそのころには、神楽の舞も囃子も、すっかり父が取りしきるようになっていた。

祖父の偉大な験力と父のすぐれた芸事は、幼いちとせにとって同じくらい誇らしかった。祖父と父はそれぞれちがった方法で、神様に通じているのだと思っていた。

その日、御嶽山は春の嵐に見舞われた。大杉の森が一斉に撓《たわ》むほどの大風に横なぐりの雨まで沫《しぶ》いていたが、山上の人々は翌《あく》る日の例大祭の仕度に余念がなかった。例年五月八日に執り行われる日の出祭は、雨に祟《たた》られたためしがなかったからである。

そうして人々が笙の音色に聞き惚れていたとき、玄関から訪《おとな》いを入れる声が通った。

祖父が立ち上がった。氏子を正客とする宿坊は旅館ではないから、訪う人の誰彼にかかわらず、神職にある祖父か父が袴を着けて迎えに出る習いであった。

笙の音は途切れなかった。いったいに父は、奏楽に打ちこむと無心になってしまい、まるで耳目のなくなるふうがあった。

ちとせは祖父のあとをついて玄関に向かった。浅葱色《あさぎいろ》の袴が回廊の闇に翻る先に、破風屋根を張り出した式台があり、まるで溝《どぶ》の中の鼠のような、黒く光る人影が佇んでいた。

祖父はまず袂《たもと》からマッチを取り出して置行灯《おきあんどん》に火を入れた。玄関にはほの暗い常夜灯がともっていたが、電気の通じる前に生まれ育った祖父は、何かというと蠟燭《ろうそく》や行灯を点じる癖があった。

それから夜更けの客に正対し、「ご用向きを承ります」と言った。

濡れた体が冷え切っているのか、客は声をうわずらせて答えた。

「きょうはどちらのお宿も氏子さんでいっぱいだそうで。私《あっし》ア、祭りとは知らずに登ってきちまいましてね。無理は承知の上でござんすが、どうにかしていただけないもんでしょうか」

祖父はすぐに返答せず、じっと見定めるように目を据えていた。

「やっぱり、無理な相談でござんすか。何なら相部屋でけっこうですとも。いんや、この際だから、雨風をしのげるんならどこだろうと文句は申しやせん。のう、御師様。何とかしてやっておくんなさい」

個人の参拝客を泊めぬわけではない。しかし旅館と宿坊の分別がつかぬ客を祖父は嫌った。神官はけっして旅籠の主《あるじ》ではない、と思うがゆえである。そうした行儀にやかましい祖父が、癇癪玉《かんしゃくだま》を破裂させやしないかと、ちとせは気が気ではなかった。

はたして、祖父は強い口調で言った。

「人に物を頼むのなら、まず冠りものを脱いで、その尻端折をどうにかなさい」

もっともだ、とちとせも思った。お祭りの前夜だといっても、この吹き降りなのだから様子見の講社も多いはずで、そのぶん宿坊がどこも満杯であるわけはなかった。うちだってずいぶん余裕はあるのだ。

「へい。だったらそうさせていただきやすが、客に仁義を切らせておいて、よもやつれねえご返事はありますめえの」

男は破れた三度笠をはずし、びしょ濡れの着物を整えた。

式台に置かれた頭陀袋《ずだぶくろ》のかわりに、振り分けの荷でも担がせれば、まるで昔の凶状持ちのような身なりだった。だが灯火の下に顕《あら》われた顔は色白の細面で、むしろ伝法な口ぶりや粗野なふるまいが似合わなかった。

「返事はとうに決まっております。お上がりなさい」

それはいかにも祖父らしい人あしらいだった。叱言をたれるときには必ず希《のぞ》みを叶えてくれるのだ。

参道には多くの宿坊がある。訪ねる先々で断られたあげく、男は山頂に近い鈴木の屋敷までたどり着いたにちがいなかった。だからちとせは、祖父の寛容さにほっと胸を撫でおろした。

「ちとせ、お母《たあ》さんに報《しら》せておいで」

祖父に命じられて、ちとせは母を呼びに行った。

「ママア、こんな晩にお客さんかね」

と、呆れながら玄関に出たなり、母は立ちすくんでしまった。

「どうなすったの、おたあさん」

ちとせが手を握っても、母は衝立《ついたて》ごしに式台を見つめたまま、しばらく動かなかった。

「おひとりだよ」

祖父が母を見返って、思わせぶりに言った。

「はい。おひとり様ですね」

母は胸の動悸を鎮《しず》めるように、襟元《えりもと》に手を当てて答えた。

「どうなすったの、おたあさん」

「どうもしませんよ。急なお客さんだから、ちょっとびっくりしただけ」

母は男を湯殿に案内してから、台所で夜食の膳を調《ととの》えた。女中たちの手を借りようとはせずに塩握りをこしらえ、汁と香の物を添えた。

口を利かなくなった母が気がかりで、ちとせはずっと寄り添っていた。

「あのお客さん、悪い人じゃないよ。もし凶状持ちだったら、おじいさんの勘が働くから」

家伝の験力を、母が血の中に享《う》け継いでいることは知っていた。だからきっと、何かしら悪い勘働きがしたのだろうけれど、祖父が許したからには母の思いすごしにちがいなかった。

「そうですね。おじいさんがおっしゃることに、まちがいはないものね」

苛《いら》つくように母は言った。どうしたわけか調理台の上には、二つの箱膳が置かれていた。

「ねえ、おたあさん。お客さんはひとりだよ」

ちとせが訊くと、母は「ごくう」とぶっきらぼうに呟いた。「御供」とは神に供える食事のことである。明日はお祭りだから、前の晩にはおむすびを神様にお供えするのだろう、とちとせは了簡した。

だが、そうではなかった。母はいくらかためらいがちに、怖いことを言った。

「あのお客さん、ひとりじゃないんですよ。おまえにはわからなかったろうけど、お連れさんがいらっしゃるの。お玄関の上がりかまちに、じっと俯いて座ってらした。おじいさんはその女の人を不憫《ふびん》に思って、お泊めすることにしたのよ。このことは、誰にも言いっこなし。いいわね」

ちとせはべそをかきながら肯いた。見えるはずのないものが見えてしまう母は、どうしてそんなにも真正直に見たままを言うのだろうと思った。

父の奏でる笙の音は、いつ果てるともなく続いていた。ちとせは台所から逃げ出して御神前に行き、父の背うしろにかしこまった。

父の奏でる笙の音が、死んだ人を呼び寄せてしまったのだろうか。それとも祖父に言われるまま、父は鎮魂《たましずめ》の曲を奏でているのだろうか。

やがて春の嵐は遠ざかり、ちとせの心も安らいでいった。

うとうとと居眠りをしながら、やはり父は祖父とちがう方法で、神様に通じているのだと思った。

*

ちとせ伯母の話は子供らを慄《ふる》え上がらせた。

「黙って聞けないのなら、話はこれでよしにするよ。続きは夢で見るがいい」

悲鳴が二度上がった。子供らは口々に話の先をせがんだ。続きを夢で見るのはたまらない。

現の夜雨《よさめ》は上がる様子もなく、歪んだ窓ガラスを叩いていた。伯父の奏でる笙の音も、相変わらず枕に通っていた。

「あんたらのおばあさんは、私を試したんだと思うの。そうでなけりゃ、あんな怖いことを言って子供を怯えさせるはずはない。私には見えているのかいないのか、おばあさんは知りたかったのよ。だから、私が怖ろしくなってべそをかいたとき、おばあさんは何だかホッとしたような顔をした。見えないものが見えて、得をすることなんて何もないから」

いとこの誰かが、「お化けが見えたらいいな」と言い、「見えないほうがいいよ」と反論する声が上がった。

伯母は叱らなかった。議論に加わらない子供を探しているように思えたので、「見えないほうがいい」と私は言った。それならば嘘をついたことにはならないからだった。

雨音と笙の音が戻ってくるまで、伯母は黙りこくっていた。

「昭和の初めにケーブルカーが架かるまでは、御坂《みさか》を二時間かけて登らなけりゃならなかった。お米もお酒も背負子《しょいこ》で担いで上げたし、沢井の小学校に通うんだって、暗いうちに出て暗くなってから帰ってきたものさ。だから、夜遅くにお客さんがやっとたどり着くのも、そう珍しいことじゃなかった。でも、あんな嵐の晩に上がってくるのは、尋常じゃあない。そうそう——あのお客さんたちをお通ししたのは、たしかこのお座敷だった」

子供らはまた悲鳴を上げて蒲団に潜りこんだ。

私が思わず鳥肌立ったのは、座敷が同じかどうかではなく、伯母がさらりと言った「お客さんたち」という一言だった。

もし大正の初めのその晩に私が居合わせたなら、きっと見えざる夜半《よわ》の客を見てしまったはずだった。

玄関の上がりかまちに、濡れそぼったまま俯いて座る女。くたびれ果てたうなじに、毀《こわ》れた髷《まげ》が垂れ下がっている。やがて女は、気付いてもくれぬ男の後について湯殿へと向かう。

死者は風呂を使うまい。男が上機嫌で湯あみする間、板敷にぼんやりと佇むか、またうなだれて座るかしていたのだろう。そして、また男の背にぴたりと寄り添って大階段を昇り、この座敷に入る。じきに祖母が、二つ重ねの箱膳を持って上がってくる。

「あんたらのおばあさんは、のちになってその夜の出来事を、ありのまま私に話してくれた。見えないものが見えて得は何ひとつないけれど、見たものを見えなかったとはまさか言えないからね、って笑いながら」

私の妄想の先を、伯母の話がつないだ。

*

「わたくしはご覧の通り神様に仕える者ですから、世俗一切にかかわりを持ちません。どうかご心配なきよう」

障子ごしに父の声が聴こえて、イツは畳廊下に足を止めた。幸いほかの座敷は寝静まっており、雨風の音が潜み声をくるみこんでいた。

行灯の光が向かい合う二人の影を、くっきりと障子に映していた。父は白髯を撫しながら続けた。

「おわかりになりますかね。わたくしは世俗とは無縁なので、警察に通報したり、人を呼んだりはいたしません。しかし、大祭の宵宮にあなたがこうして訪われたのは、きっと神様のお導きなのでしょう。ならばわたくしは、ご神意を承ってお祓事《はらえごと》をいたさねばなりません」

男の影は肩に羽織った丹前から手を抜き出して斜《しゃ》に構え、疑わしげに顎を撫でた。

「のう、御師さん。そりゃあ商売かえ」

「とんでもない。銭金など一文もいただきません」

「そのかわり寄進をせえ、か」

「話のわからぬお人だ。要らぬと言ったら要らぬのです」

「いんや。俺をわけありの客と読んで、銭金をゆすろうてえ魂胆だろう。そういう了簡なら、せっかくの一夜の宿もこっちから願い下げだ。邪魔したな」

男の影が立ち上がりかけた。ここがころあいと思い定めて、イツは「ごめん下さいまし」と膝を揃え、障子を開けた。

「おうおう、手回しのいいこったの。こうも腹ぺこの上に御神酒《おみき》まで呼ばれたんじゃあ、さすがに願い下げとは言えめえ。だがよ、御師様。そのお祓いだの何だのてえのは、勘弁しておくんなさいよ。おめえさんと直会《なおらい》の酒を酌み交わすのァ、やぶさかじゃあねえが」

座敷には向き合う主客のほかにもうひとり――置行灯のかたわらに髪の毀れた女が俯いて座っていた。

イツは箱膳のひとつを、まずその女の膝元に置いた。

「どうぞ、お上がりなさいまし」

女は白く小さな顔をいくらかもたげてイツを見つめ、それからていねいにお辞儀をした。

哀れさが怖ろしさにまさって、イツは目頭を押さえた。十七、八と見える、顔立ちの整った女だった。

それから、もうひとつの箱膳を男の前に進めた。

「何だえ、おかみさん。いってえ何の真似だえ」

男の顔色は変わっていた。その目には女の姿など見えず、行灯のかたわらの、尻の形に濡れた畳しか映っていないのだろう。

父が悲しげに呟いた。

「だからお祓事をしなければならぬと申しておるのです。正直を言えば、あなたがどうのではない。世俗のあなたのご苦労はわたくしの領分ではないが、お連れさんはわたくしがどうにかしてさし上げねばならぬのです」

ああ、と命を吐きつくすような息をついて、男はへこたれてしまった。そのまま横ざまに倒れそうな体を片方の手でようよう支え、支えきれずにがっくりと肘をついた。

そのしぐさを見ながら、きっと悪い人ではないとイツは思った。

男は丹前の襟に声を殺して、しばらく嗚咽した。浴衣からは彫物が覗いていたが、やくざ者の凶々《まがまが》しさは感じられなかった。

「のう、御師様。見逃しちゃくれめえか」

男が泣きながら懇願した。

「ですから、あなたをどうこうしようというつもりはない、と申している」

「お祓いをすれァ、俺は逃げおおせるんか」

「そういう話ではない。身の振りようはあなたが決めることだ。お連れさんが神上《かむあが》れば、あなたも楽になる。いきさつを聞かせてはくれまいか」

鎮魂の祓事をするためには、当時者の姓名やらことの経緯を祭詞《まつりことば》に托さねばならなかった。神官が神様に説明をし、願いを聞き届けていただくのである。

「うめえこと言いやがって、足止めしている間に警察を呼ぶつもりだろう」

「断じてさようなことはない。世俗の法はわたくしと縁がない」

イツは感心した。短腹《たんばら》で癇癪持ちの父だが、狐落としや鎮魂にかかわるときには、別人のように粘り強かった。そのさまはまるで、包丁を握った板前や鉋《かんな》をかける大工のような、職人の一途さを感じさせた。

そしてとうとう父は、神主の禁句にちがいない一言まで口にした。

「神様に誓うてもよい」

行灯のかたわらで、女がゆるりと白い顔を上げた。

――お見それいたしやした。

御嶽山には狐落としで名高い神主様がいらっしゃると聞き及んでおりやしたが、それァ御師様のことだったんですねえ。

お察しの通り、私《あっし》ァひとごろしでござんす。指名手配も回っておりやす。それでもどうにか逃げおおせているのは、前科がねえおかげと、この彫物のせいで軍隊の飯も食っちゃいねえもんで、なかなか足が付かねえんでしょう。

やくざ者じゃあござんせん。稼業は床屋でござんす。欧州大戦の始まった年がちょうど徴兵検査の二十歳《はたち》で、おっつけ日本が参戦すれァ床屋の徒弟なんざまっさきに引っ張られよう、そこで親方が知恵を絞って下さって、左の肩にだけ墨を入れやした。

とんだ徴兵逃れもあったものでござんすが、下町の職人ならば彫物は珍しくもなし、鉄砲玉を食らってくたばるよりァ、よっぽどましだろうてえ親心です。

実の父親《てておや》は、明治三十八年の奉天会戦で戦死いたしやした。親方は同じ三聯隊の戦友でして、まだ小学校に通っていた私を引き取ってくれたんです。だから、どんな手を使ってでも兵隊にはさせねえ、おめえを戦死させたなら、死んだふた親にあの世で顔向けができねえ、と言って下さいやした。

おかげさんで、ご覧の通りどこから見たって甲種合格のこの体が、軍隊の物相飯《もっそうめし》を食わずにおりやす。

それと、もひとつ。たとえ人を殺したって、軍隊に行っていねえ男は素姓がわかりづらいから、足が付かねえんです。趣味道楽も立ち回り先も、親方とおかみさんさえ口を噤《つぐ》んでいりゃあ、何もわかりゃしません。

のう、御師様。かれこれ四月《よつき》も逃げ回って、路銀もそうは残っちゃいねえんです。だからお祓いのご報謝もできねえが、それでもよござんすか。

ありがてえ。私アもう、てめえの身の振りようなんざ、どうだっていいんです。手にかけちまった女のことが、かわいそうでたまらねえ。こんな腐った気分を引きずっているのも、成仏できねえあいつが、ずっと一緒にいるからなんでしょう。

いや、てめえの気分がどうかじゃあねえな。御師様のお力で、あいつを極楽だか高天原《たかまがはら》だかに送り出してやっておくんなさい。この通り、ひとつよろしくお頼み申しやす。

私《あつし》の名前は、楠元正太と申しやす。さいです。楠《くすのき》に元旦の元、正しく太い、でござんす。名前負けでござんすな。

連れの名前——ああ、連れと言われてもピンとはこねえが、苗字は佐藤、名はヨシと申しやす。ヨシは片仮名です。ああ、今さらこうして口に出してみると、淋しい名前でござんすねえ。

あいつは葛飾《かつしか》の紡績工場で働いていました。算《かぞ》えの十四で米沢の工場《こうば》に売られ、ようよう年季が明けたと思ったら、ろくでなしの親がまた追い借りをして、東京に売られたんです。

けなげな女でしてね。そうした聞くだに気の毒な事情も、あっけらかんと話すんです。当たり前《めぇ》のことみてえに。

米沢の工場に較べたら、東京は天国だって言ってました。見習の職工だった時分は、日当がたった十五銭で、そのうち八銭が食費に取られたそうです。立ちっぱなしの糸引きで日に十六時間、昼の休みが三十分だけだっていうんだから、ちっとも当たり前だとは思われません。

東京の工場は設備もいいし、腰かけて十二時間、昼休みのほかに十時と三時の一服もあって、月に四日の休日。まあ、それなら床屋と乙甲《おつかつ》でしょう。

おたがい乙甲の身の上だから、初めて出会った向島土手で、すっかり意気投合しちまいましてね。休みのたんびに会うようになりやした。もっとも、床屋と女工の休みがうまく嵌まるわけもねえから、あれこれ算段して月に二日というところでしょうか。

あいつが言うには、東京の工場の待遇がいいわけじゃなくって、おととしにできた法律のおかげなんだそうです。これから先は世の中がどんどんよくなるんだから、一所懸命に働いてさえいればいいのよ、と口癖みてえに言ってましたっけ。

はて、そうですかね。たしかに世間は大戦景気に沸き返っちゃいるが、貧乏人にはいってえ何がよくなったんだかわからねえ。物の値段ばかりが上がっちまって、いよいよ貧乏になるぐれえのもんです。

親方もぼやいてましたっけ。散髪代は二十銭、子供は半額、って決まっちゃいるが、さてこれを三十銭に上げていいもんかどうか。さりとてこっちも食っていかにゃならねえしの、って。

私ァ、小学校をおえるとじきに、床屋の徒弟になりやした。

職人てえのは、何を教わるわけじゃあござんせん。見て覚えるから、見習っていうんでしょう。だから一年やそこいらは、ただじっと親方の手先を見ている。たまにおかみさんから言いつかって、買い物に行くだの、研ぎ上げた鋏《はさみ》や剃刀《かみそり》を届けにひとッ走りするぐれえのもんです。

見て習うにしたって背丈が足らねえもんで、朴歯《ほおば》の高下駄を履くんです。こう、天狗様《てんぐさま》の下駄みてえな、歯が一尺もありそうなやつです。そうやって足腰を強くしなけりゃ、一人前の床屋にはなれませんしね。

二年目になって、ようやっとお客さんの髪を洗いました。まだ湯わかしに手が届かねえもんだから、高下駄を履いたままでした。

親方にもおかみさんにも、かわいがっていただきやした。そりゃあもう、実の子供みてえに。おふくろのお医者代も払ってくれたし、葬式まで出して泣いてくれたんです。だから彫物を入れろと言われたとき、私ァちっとも妙には思わなかった。親方は四の五のと理屈を言う人じゃあねえが、これは兵隊にならずに床屋になれ、って意味だと思いやした。

口数の少ねえ親方は、よほど言い出しかねていたんでしょうか、剃刀を研ぎながら背中で言った。

「おとっつぁんとおっかさんにもらった体でも、ぶっ壊すよりァ汚したほうがいい」

親方の尻っぺたにァ、奉天会戦の流れ弾がまだへえったまんまだったんです。戦地で苦労してきたからこそ、あんなことが言えたんでござんしょう。

去年の大晦日の話だと思って下さいやし。

床屋は除夜の鐘が渡るまで店を閉められません。ようやく終《しま》いの客を送り出して後片付けをしていたら、親方が妙にかしこまった口ぶりで言った。

十年の上を辛抱させりゃあ、暖簾《のれん》分けも考えなけりゃならねえんだが、あいにく二十銭の散髪代が祟っちまって余分なお足がねえ。ついては、おっかあともよく相談したんだが、おめえを婿にしようと思う――。

私ァ、そんなことこれっぽっちも考えちゃいなかったんです。夢といったら、ゆくゆく小さな店を構えさしてもらって、年季の明けたあいつを、嫁にしてえと思っていた。私にァ給金の貯えがあったし、あいつも法律のおかげで借金の勘定が立つようになっていたんです。あとは親方が暖簾を分けてくれれば、万々歳だと。

いや、もしそれが無理なら、店から出してくれるだけでもよかった。渡りの職人だろうが雇われだろうが、床屋は所帯を持っても食っていけるんです。

てめえのそんな夢を、言い出しかねていたのがいけなかった。私の肚《はら》の中にァ、ちょいと打算がありまして、暖簾分けの話ができ上がったところで、かくかくしかじかと打ち明けるつもりだったんです。渡りの職人になるよりは、ずっと得だと思ったから。

人間、打算があっちゃならねえんだなと、しみじみ思い知らされましたよ。だって、私が先に洗いざらいしゃべっていたなら、親方は婿取りの話なんて口にしなかったにきまってまさあ。それどころか、無理をしてでも私に店を持たせて下すったと思いやす。

だが、先に言われちまった。

いろんな人の情けを蒙って生きてきたわけじゃあねえ。私にとって義理ある人は、親方ひとりでござんした。

どう申し上げたところで、当たり前の生まれ育ちをなすった方にァ、わかっていただけますめえの。たったひとつの情けにすがって生きてきた人間なんて、そうそういるわけはござんせん。

親方にァ一粒種のお嬢さんがいらっしゃいやした。その当座は、洋裁学校を出たあと、美容学校の寮ずまいをしてらしたんです。五つ六つの時分からひとつ屋根の下で育った妹みてえなものでしたから、まったく寝耳に水の話でござんした。

お嬢様と呼ぶほどじゃあねえが、大正の新時代を絵に描《か》いたようなモダンな娘さんでござんす。店の間口を拡げて、床屋と美容院を一緒にやりゃあいい、と親方は言うんだが、私にしてみれァよもやまさかの婿入り話で、頭ん中がめちゃくちゃになっちめえました。

親方もおかみさんも、もうそうと決めてらっしゃるみてえでした。そりゃあそうです。徒弟を入婿にする話を、断わる馬鹿のいるもんか。

大晦日てえのもまずかったんです。お嬢さんは家に帰ってきているし、私ァ住み込みの分際で、四人家族が揃っちまった。実は惚れた女がいるなんて、どの口が言えるもんか。いや、言って言えねえはずはなかった。私の中にァ、利欲の鬼が棲んでいて、惚れた女とお嬢さんを秤にかけていたんです。

そうじゃあねえとおっしゃるか。

おめえさんは義理堅えんだ、と。

こんな男をかばって下さるのァありがてえが、さて、どうですかね。

私ァ、義理に絡んであいつを手にかけたわけじゃあござんせん。あれこれ思い悩んでいるうちに、何だか邪魔くさくなっちまったんで。

どうです、御師様。それァ義理も人情もねえ、鬼の心でござんしょう。

どうも私ァ、間が悪くていけねえんです。年明けの休みにあいつと会ったとき、貯金をそっくり引き出して持って行ったんだが、手切金を渡すどころか別れ話も切り出せなかった。

これといった道楽もねえもんで、百円も貯めこんでいたんです。あいつの前借金も残りはそんなものでしたから、きっと了簡するだろうと胸算用を立ててました。

そんなはずはないやね。商売女でもあるめえに、人の心を銭金でチャラにできるわけはねえんだ。

常に変わらぬ笑顔を見ているうちに、やっぱり親方に不義理をしてでも、こいつと一緒になりてえと思ったんだが、店に戻れァ戻ったでまた心が裏返っちまうんです。親方もおかみさんも、すっかりそのつもりになってましたから。

いっそお嬢さんに打ち明けて、加勢に立ってもらおうと思ったこともありました。兄と妹みてえな仲だったから、あんがいすっきり聞いてもらえそうな気がしたんです。

お嬢さんが家に帰ってきた日曜に、物干に呼び出しましてね。頭を下げたんだが、声が続かねえ。そしたら、かえって妙な誤解をされちまいました。そんな真似、やめてちょうだい、って。

何たって間が悪いんです。ひとつっつ順序よくやれァ、さほど難しい話じゃなかったはずなんですが。

親方もおかみさんも、お嬢さんもあいつも、みんないい人間で、私ひとりが悪者だと思いやした。みんなして私を幸せにしようとしているのに、私ひとりがとんでもねえ不実を抱えて、嘘をつき続けていたんです。

のう、御師様。

私がこの山に登って参《めえ》りやしたのは、まさか神様におすがりするためじゃあござんせん。あいつから話を聞いていたんです。葛飾の工場は大きな会社で、年にいっぺん成績のいい女工たちを、泊まりがけの旅行に連れて行ってくれたそうです。

御嶽山の話はあいつの口癖でした。山道は険しいけれど、東京が箱庭みたいに見えるのよって。あんたと出会えたのは、御嶽神社のご利益にちがいないって。いつか一緒に行きましょうって、まるでてめえのふるさとみてえに言っていたんです。

そんなにいいところなら、私もいっぺん行ってみてえと思ってました。神様からめぐんでいただいたご利益を、私が不幸に変えちまったんだから、お詫びもせにァなりますめえ。ところが、お山はとんだ吹き降りで、こいつァ神様がさだめし怒ってらっしゃるからにちげえねえ。

そんなわけだから、さっき御師様から怖いことを言われたとき、内心では嘘でも冗談でもあるめえと思ったんです。だが、あんましおっかねえから、悪態をついちまったんですがね。

あいつはやさしい女です。私を憑り殺そうなんて思っちゃいません。いつか一緒に登ろうってのは、約束だったからね。

のう、ヨッちゃん。そうだろ。

——鎮魂の祓事はその夜のうちに行われた。

水垢離《みずごり》をしたあと、父は純白の狩衣に烏帽子《えぼし》を冠り、台所で榊の御幣《ごへい》を振って、屋敷の火と水とを浄めた。

「この火を天之香具山《あまのかぐやま》の磐村《いわむら》の清火《さやび》と幸《さきわ》い給え」

「この水を天之忍石《あまのおしは》の長井の清水《きよみず》と幸い給え」

そして、やはり純白の衣袴を着けたイツを伴って、御神前に入った。イツは神上《かむあが》る魂の依代《よりしろ》だった。

厚い板戸を繞《めぐ》らせて結界とした御神前には夫が待ち受けていて、浴衣に丹前のまわけもわからず端座する男を、人の言葉で励ましていた。

父がかしこまって祓詞《はらえことば》を唱え、夫が石笛《いわぶえ》を静かに吹き始めた。灯りは二本の蠟燭だけだった。

女の姿は見当たらなかった。しかし、消えてしまったのではなく、御神前の闇のどこかに、形を崩して浮遊しているのだった。男と同様に、女の霊魂もわけがわからずうろたえているにちがいなかった。

父が験力をもってそのさまよえる魂を呼び集め、イツの体に納めてから天に昇すのである。

祓詞のあとで、父は一枚の奉書を目の前に掲げた。そこには、「楠元正太」と「佐藤ヨシ」という名前が書かれているきりだったが、父は一言の淀みもなく、二人の間に起きた出来事を神に伝えた。

――楠元正太の所行は、人の世の法に照らせばこれ万死に価する罪なれども、深く悔やみかつ嘆きて、佐藤ヨシの荒魂《あらみたま》をば高天原に昇せ給わんと希い願《ねが》うております。冀《こいねが》わくは、掛けまくも畏《かしこ》き御嶽の神の社《やしろ》の御前《おんまえ》に拝み奉りて、畏み畏みも白《まを》さく――。

おもうさんはすごい、とイツは思った。名前のほかには何も書かれていない奉書には、人の目には見えぬ言葉が、びっしりと記されているにちがいなかった。

父の験力はこれまでにもずいぶん見てきたけれど、こんなことは初めてだった。きっと父は、人間ではない何ものかに書かせた奉詞《ほうし》を、朗々と読み上げているのだと思った。

ふと見れば、夫も石笛を吹きながら父の手元に目を向けていた。名人の奏でる音色が震えた。

男が打ち伏して泣き始めた。その泣声と石笛と父の声がひとつに混ざり合ったと思うと、イツの体に霊魂が入った。

落ちてきたのではなく、水のしみ入るように。

――あたし、お金なんていらない。

百円どころか、一厘だっていらない。それよりも、今ここであたしを殺して。

脅しでも面当てでもないの。自分で首を絞《くく》る度胸がないだけ。大好きなあんたの手にかかるんなら、痛くも苦しくもない。隅田川にうっちゃってくれれば、あたしは海まで流れていって、誰にも見つからないようにするから。

工場《こうば》では、月に一人や二人は外出したまま帰らない。それは仕方のないことだから、捜しもしない。一ヵ月たっても戻らなければ、帰郷者名簿に「逃走」と書かれて、それでおしまいなの。だから外出の許可がおりるのは、前借金を踏み倒されてもそうは損のない女工だけ。法律なんて、せいぜいそんなもの。

逃げ出した女工の中には、自殺した人も、野垂れ死んだ人も、殺された人もいると思う。でもそんな不幸は聞いたためしもない。用済みの女工なんて、犬や猫と同じだから。

東京の工場に来て、初めての外出が許されたとき、あたしは怖くて仕様がなかった。東京が怖かったんじゃなくって、用済みの人間になったような気がしたから。

東武電車を降りると、仲間たちは大はしゃぎで浅草をめざしたけれど、あたしには鉄の蛇腹みたいな吾妻橋が三途の川の橋みたいに見えて、渡る気にはなれなかった。

そうして、向島河岸にぼんやりと立って川向こうの観音堂や十二階を眺めていたら、あんたがお団子をくれた。「よかったら食いねえ」って。

名残《なご》んの花の下に座って、何も語らずに景色だけ眺めていた。そのうち気分が晴れた。もしかしたら、まだ用済みじゃないかもしれないって思ったの。

ねえ、正太さん。

似た者どうしが一緒になれば幸せになれるって、あんたは言ってくれたけど、あたしはそうは思っていなかった。不幸が倍になると思った。

おなかの中のこの子が産まれれば、きっと不幸は三倍だ。

だから、あんたひとりで幸せになって下さい。三つの不幸より一つの幸せのほうが、ずっといいに決まってる。

お願いよ、正太さん。あたしは人を恨んで生きたくはないの。

ああ、ありがとう。やっぱりあんたは、やさしい人だ。


「――比《か》く佐須良《さすら》い失いてば、罪という罪はあらじと祓え給い清め給うことを、天津神国《あまつかみくに》津神《つかみ》、八百万《やおよろず》の神等《かみたち》ともに、聞こし食せと白《まを》す」

長い大祓詞《おおはらえのことば》で儀式はしめくくられた。

御幣を振って平伏し、穏やかな人の声に戻って父は言った。

「佐藤ヨシ刀自《とじ》の御《おん》みたま、ただいま神上られました」

イツにもはっきりとわかった。こわばった体から力が抜け、総身の鳥肌も鎮まった。

男は身をこごめて嘆き続けていた。父が退出するのを待って、夫は男ににじり寄り、浄衣《じょうえ》の袖をからげて背中をさすった。

「ご気分はいかがですか」

感極まったふうに、男は声もなく肯いた。

「少しお休みなさい。祭礼には青梅《おうめ》警察の巡査も出てくるから、あなたはこの屋敷でじっとしていなさい」

夜が明けたのだろう。雨風の音は去って、鳥の囀《さえず》りが聴こえていた。

庭に咲きかけた石楠花《しゃくなげ》が、散らずにいてくれればいいとイツは思った。

法螺貝《ほらがい》の響きが渡ると、屋敷の中はたちまちからっぽになってしまった。

じきに参道を行列が登ってくる。見たい気持ちは山々だが、ちとせは意地を張って大階段の下に蹲《うずくま》った。

お稚児さんになりたいとあれほど言ったのに、父も母も知らんぷりを決めていた。稚児行列に加わることができるのは、男の子だけなのだそうだ。天照大神《あまてらすおおみかみ》も伊邪那美命《いざなみのみこと》も女なのに、稚児行列が男だけというのは納得できなかった。

きのうの嵐が嘘のような上天気である。庭先の石楠花は春の陽ざしに浮かされて、重たげなほどに開いている。たぶん山桜も満開なのだろう、甘い香りが漂ってきた。

「おや、お留守番かい」

大階段の上から声をかけられて、ちとせは振り返った。

きのうの晩のお客さん。でも春の光と温もりのせいか、ずいぶん様子がちがって見えた。

「お客さんは、行列を見ないんですか」

「そういうお嬢は、見ねえのかい」

だって、と言いかけてその先がうまく言えずに、ちとせは俯いてしまった。

「年に一度のお祭りに、留守番はかわいそうだな。罰《ばち》当たりな泥棒もおるめえに」

目の前に大きな手が差し出された。

「よし。おにいちゃんと一緒に行こう。お客さんを案内してきたんなら、誰も叱らねえよ」

手を握る前に、おそるおそるあたりを窺った。たぶん「お連れさん」はいないと思う。ちとせの目には見えないだけかもしれないけれど。

お客さんの手は、とても白くてきれいだった。だから握る前に、着物の腰でごしごしと自分の手を拭った。

陽だまりの廊下を歩きながら、ちとせは訊ねた。

「お客さん、髪結《かみゆい》さんなの？」

「床屋だよ」

山の上にはみやげ物屋のほかの商いはなかった。一度だけ母に連れられて、青梅の町の髪結さんに行ったことがあった。ちとせも前髪を揃えてもらった。

床屋さんは月にいっぺん、山に登ってくる。親方のうしろから、道具箱を背負った小僧がついてきた。

「どうして知ってるんだい」

「だって、おじいさんが喜んでたもの」

神社に上がる前に、祖父は陽だまりのてるてる坊主みたいな床屋の客になっていた。禿げ上がった髪よりも、胸まで垂れた髯のほうが大変そうだった。

「何だい、見てたんか」

「うん。おじいさん、とっても喜んでたのよ。名人だなあ、って」

法螺貝の音が近付いてきた。花の香りが吹き抜ける玄関で、お客さんは汚れた雪駄を履き、三度笠は冠らずに脇に抱えた。荷物は頭陀袋ひとつだった。

玄関先には一夜で咲いた片栗や芝桜が敷き詰められ、東の門の檜皮《ひわだ》屋根に乗りかかるようにして、真白な山桜が枝を拡げていた。

門を出ると急な杉林の道が下って、神社に向かう参道に行き当たる。そのあたりは日の出山と関東平野を遠景に置いて、坂道を登ってくる行列を一望できる特等席だった。

とりわけ神代欅《じんだいけやき》の根元には、危ないくらい見物客が群れていた。

警戒にあたっている巡査が、メガホンをかざして「危ないから下りなさい」と叫び続けているのだが、やっと行列が通りかかる段になって、忠告に従う人のいるはずもなかった。

行列が来た。

先頭は金剛杖《こんごうづえ》をついた山伏たちで、そのうしろにものものしい具足姿の武者行列が続いた。

稲穂と榊のあとから、白無垢の浄衣を着た神官たちに担がれて、立派な御輿が上がってきた。五代将軍綱吉の奉納した御輿は、「常憲院様」と呼ばれていて、春の大祭のときだけお渡りになる。

「ご低頭ォー」

神官の声が通ると、人々は見物を忘れて頭を垂れた。

巡査が帽子を取って、腰を深く折り曲げた最敬礼をした。ちとせも合掌した。

御輿が神代欅の下を通りかかるとき、ふいに空が翳《かげ》って風が吹き上がり、注連縄《しめなわ》に繞《めぐ》らされた幣《ぬさ》が一斉に翻った。人々は神の渡御を感得してどよめいた。

だがそれもほんのつかのまで、稚児行列が通るころには、もとの春の光が金襴の衣や冠を、きらきらと輝かせた。あたりには元の喧噪が戻ってきた。

稚児行列など見たくはない。ちとせは踵を返して屋敷に戻りかけた。

「お嬢」と呼ばれて振り返れば、お客さんが神代欅の木洩れ陽に眉庇《まびさし》をかざしていた。

「みなさんに、よろしくお伝え下さいまし」

三度笠と頭陀袋を提げたまま、お客さんは常憲院様の御輿にそうしたよりもっと深く頭を下げた。

「危ない、危ない、ほれ言わんこっちゃない」

巡査が警笛を吹いて叱りつけた。土手から降りてくる見物客の中には、勢い余って滑り落ちる人もあった。

ちとせはお客さんを見送った。このままお帰りになるのなら、誰かが送らねばならないと思ったからだった。

お客さんは大忙しの巡査の肩を叩いて、小声で何かを言った。

知り合いだったのだろうか。巡査はちょっとびっくりした顔をした。二人はまた少し言葉をかわすと、仲良しのように固く肩を抱き合って、行列のあとから神社に向かう人の波に逆らいながら参道を下っていった。

ありがとうもまたどうぞも言いそびれてしまったけれど、ちとせは母のしぐさを真似て頭を下げた。

＊

「話はこれでしまいだよ。おやすみなさい」

伯母が闇の中でそう言っても、答える声はなかった。

「おやすみなさい」

と、私ひとりが間を置いて言った。

いつしか雨は上がり、ガラス越しの夜空には星が輝いていた。伯父の奏でる笙の音も絶えて、屋敷は黙《しじま》に返った。

伯母は私の顔を覗きこんだ。親子ほども齢が離れているのに、母とそっくり同じ匂いがした。

「あしたはお稚児さんにおなり。おかあさんが喜ぶから」

答えを強いずに伯母は座敷を出て行った。

一度だけ稚児のなりをして神社に上がったのは、その年の大祭であったろうか。

天井裏《てんじょううら》の春子《はるこ》

五月の例大祭をおえると、御嶽山《みたけさん》は花と若葉に彩られる。

里の春のように駘蕩《たいとう》と訪れるのではなく、まるで神がそう命じたかのように、きっぱりと季節が変わるのである。

梅も桜も辛夷《こぶし》も石楠花《しゃくなげ》もみな一斉に咲くのだから、その景色は言うにつくせぬほどなのだが、神様が気まぐれなことにはたいていそうしたさなかに春の嵐が来て、一夜のうちに花という花を、きれいさっぱり散らしてしまうのだった。

私たちの神は花を好まぬとも思える。御神前《ごしんぜん》に花を供える習慣はなく、奥津城《おくつき》に墓参するときは榊だけを持って出かける。高天原《たかまがはら》にも花は似合わない。

たとえば、花が文学に不可欠な要素となったのは仏教信仰が定着したのちで、記紀にはほとんど記述がないと言ってもいい。太古の神々は花を大自然の些末な一部分とみなし、あるいは巌《いわお》や常磐木《ときわぎ》の清浄を穢《けが》す色や香りだと考えていたのかも知れぬ。だとすると、神坐《かみいま》す山の花々が一夜の嵐であとかたもなく毀《こぼ》ち散らされることも、合点がゆくのである。

そうした春の嵐は、山頂の神社に宿直《とのい》する神官によって正確に察知された。西の大菩薩嶺に黒雲が湧き、稲光が走るとただちに、山中の御師《おし》の家々に伝達される。風雨だけならばまだしも、海抜一千メートルの集落にとって雷は脅威だった。

春の日は閑《のど》かに昏れて、子供らが大広間を挟む表裏の廊下に雨戸を閉《た》てておえたころ、伯父が神社から戻ってきた。

「もういっぺん開けなさい」

と伯父は言った。

ふざけ合いながら雨戸を手渡ししていたことを、咎められたのだと思った。

「そうじゃないよ。神様がお渡りになるんだ」

年長のいとこの言う意味が、私にはわからなかった。

子供らはふたたび廊下を走り回って、雨戸を戸袋に収めた。鼠色の夕まぐれの彼方から、雷鳴が近付いてきた。

女中たちが大階段を駆け上がり、あわただしくガラス窓を開けた。するとじきに、二階の座敷から講社の客がぞろぞろと下りてきた。多くの人は何が何やらわからずに不安げだった。講元か世話人と見える老人が宥めた。

「神様がお通りになるんだから、心配はいらないよ」

そうこうしているうちに、家じゅうの人々が大広間に集まってきた。押入れから蒲団《ふとん》が担ぎ出された。

やがて、夜の闇ではない黒雲が屋敷にのしかかったと思う間に、雷鳴が耳を裂き、光が爆《は》ぜた。

私は生きたここちもせず、蒲団にくるまって誰だかわからぬ人にすがりついた。しかし神の顕現を見落としてはなるまいと思って、薄闇に目を瞠《みは》っていた。

屋敷は雷雲の中にあった。突然、関東平野に向いた裏庭が金色に染まり、太い光の束が大広間を貫いて長屋門まで突き抜けた。

それはほんの一瞬ではあったが、鋸《のこぎり》の歯のように鋭く尖った稲妻の形が、けっして思いすごしではなく、私の目にはっきりと見えたのだった。

生木を裂くような音のあとはしばらく耳鳴りが続き、ややあってから人々は聴力を確かめるように悲鳴を上げた。

雷雲の中の山上ならば、稲妻は横に走るのかもしれない。だが私には、その尖光が紛れもない神の姿に思えた。

門戸をすべて開け放って雷を通過させることが、はたして科学的な理に適っているかどうかはわからないが、御師の家が落雷で焼けたという話は聞いたためしがない。私が神渡りを見たのも、その一度きりである。

ふしぎなことに、柱にも鴨居にも焦げ跡ひとつなく、山中のどこかに雷が落ちたわけでもなかった。だとするとあの稲妻は、大広間に蹲《うずくま》る人々の頭上をかすめ、柱をよけて門から出て行ったことになる。大気中の放電現象というよりも、神渡りとするほうがまだしも納得がゆく。

日本語の「カミ」の語源は知らない。しかし「カミ」をあてた「神」を解字すると、示偏《しめすへん》が贄《にえ》を供えた卓であり、「申」は稲妻の象形であるとわかる。そう思えば神祭にはつきものの紙垂《しで》の形は、稲妻に似ている。

やはり私が幼い日に見た一瞬の鋭い光は、神の顕現だったにちがいない。

外国から渡来した神仏には、愛だの慈悲だのという人間性があるのだが、日本古来の神は超然としており、ひたすら畏怖すべき存在である。そうした意味では、一概に宗教とは言えまい。

私たちは未知なる自然や神秘なる現象を総括して、固有の神とした。長い歴史の中で、預言者の出現すら許さなかった、怖ろしい神である。

「十七か八の娘ざかりで、それはそれはきれいな人だった。狐が憑《つ》くのはたいてい若くてきれいな娘さんだったけど、あの人は格別だった」

ちとせ伯母が枕元で寝物語を聞かせてくれたのは、神渡りを見た晩のことだった。気分が高揚してなかなか寝つけぬ子供らを叱りに来て、伯母はせがまれるままに語り始めたのだった。

講社の客も興奮さめやらずに、二階の座敷で酒を過ごしていた。子供らは神様の通り道となった大広間に牀《とこ》を並べていた。

手拍子や歌声は大階段を伝い下りてきたし、天井の踏み音も耳に障った。

伯母もいくらか気が立っていたのか、いつもの寝物語よりも口が滑らかで、声も瞭《あきら》かだった。

「名前かね。はて、いつも姐様《あねさま》と呼んでいたから覚えてないわ。どうしようかね。名なしの姐様じゃあ話すにも具合が悪いから、春子さんとでもしておこうか。春に来たから春子さんでいいだろう」

怖い話の予感に慄《ふる》えながら、子供らは蒲団の中のくぐもった声で、「いいよ」と口々に言った。

「昔むかしの話さ。大正の震災の前で、私が十《とお》かそこいら、畑中《はたけなか》のおばさんもまだ沢井の小学校に通っていて、おじさんは学校にも上がっていなかった」

私の母も、まだ生まれてはいない。大正という時代より、そのことが遥かな昔話に思えた。

「陽気がよくなると、きまってお狐様がやってきた。あれはどうしたわけなんだろう。冬の間は穴の中で眠っていた狐が、おなかをすかせて人間に取り憑くんだろうか」

御神前に揺らぐ灯明が、伯母の影を子供らの枕元に延ばしていた。

「大丈夫かなあ」

と、誰かが心細い声で呟いた。笑いごとではなかった。御嶽山はうららかな春を迎えていた。

「心配しなくていいよ。おまえたちは神様に守られている。御嶽山の子供にお狐様は憑かないの」

伯母はいくらか酒が入っていたのかもしれない。神渡りを目のあたりにしたからには、家族にも直会《なおらい》の御神酒《おみき》がふるまわれたのだろう。

「眠たくなったら眠ればいい。べつだんためになる話でもないから」

黒い着物の背筋をすっくりと伸ばして、伯母は春子という娘の話を始めた。

*

ケーブルカーもなく、青梅《おうめ》線も二俣尾《ふたまたお》が終点のその時分に、御嶽山の頂上から沢井の小学校に通うのは並大抵ではなかった。

冬のうちは提灯《ちょうちん》を下げた使用人が山道の送り迎えをしてくれたが、日が長くなれば幼い姉妹は手をつないで歩き通さねばならなかった。

だから春と秋には、けっして道草を食えなかった。どうかすると千年の杉木立に囲まれた御坂《みさか》で霧に巻かれ、天狗《てんぐ》の笑い声を聞いたり、狐火を見たりしなければならなかった。

山下の滝本《たきもと》には何軒かの神官の屋敷があり、急な雨風の折などは泊めてももらえるのだが、それもよほどのときに限ると、祖父からきつく戒められていた。

子供らが厄介者の自覚を持っていた時代の話である。

その日も滝本の集落を過ぎるころにははや昏れなずんでいたが、ちとせと姉は金平糖を舐めて元気を出し、つづら折りの山道を登り始めた。

道が折れる場所の杉の木には、紙垂の付いた注連縄《しめなわ》がかけられていたので、深い霧の中でも踏み惑う心配はなかった。

急な登りにさしかかったころ、道端に腰を下ろして息を入れる人があった。ひとりは絣《かすり》の着物の尻端折《しりばしより》をした母親と見え、もうひとりは断髪に洋装の若い女だった。

「ああ、よかった。道に迷ったかと思った」

母と見える人はほっと息をついた。

「もうじきだから、精を出してね」

と、姉がおしゃまな物言いで二人を励ました。

ちとせは若い女の美貌に目を瞠った。たそがれどきの薄闇に、まるで切り貼りをしたような白い顔だった。うなじが見えるくらい短く切り揃えた髪に、ちょこんと帽子を載せて、襟《えり》ぐりの広く開いた洋服は少し寒そうだった。女中たちが回し読みをする婦人雑誌の、表紙を飾るモダンガールそのものだった。

「どこへ行くんですか」

ちとせが訊ねても、娘は黙って微笑んでいた。かわりに母親が答えた。

「鈴木の御師様ですけれど、まだ遠いのでしょうか」

ちとせと姉は思わず目を見かわした。お客さんを案内するのはお手柄だし、夜道も心強う。何よりもこんなきれいなモダンガールを連れて帰ったら、女中たちは大騒ぎするだろい。


「私のおうちよ」

姉が誇らしげに言った。

「おや、まあ。神様のお引き合わせかしらん」

「それからね、すずき、じゃなくって、すずき」

遠い昔に、徳川家康の先達を承って熊野からやってきた鈴木の家は、関西ふうに「すずき」と発音する。学校で教師や友人たちから平たく苗字を呼ばれるたびに、姉はいちいち訂正することを忘れなかった。

ちとせは美しい女の人の手を取って歩き出した。ぬめりと汗ばんだ掌《てのひら》だった。

そのうち、いずくからともなく獣の臭いが漂ってきた。もしやと思って、帯に結わえた熊除けの鈴を振ったが、異臭はずっと鼻について離れなかった。

＊

「ヒゲのおじいさんはたいそう名の知られたお狐払いだったから、手に負えない狐憑きが、それこそ日本中からやってきた。ときには殿下閣下と呼ばれる偉いお方のお姫《ひい》さんも、お忍びでおいでになった。狐はなに不自由ないお金持ちのお嬢さんに憑くことが多いの」

ちとせ伯母は高く澄んだ声で言った。

裕福な家の子供には、狐も取り憑き甲斐があるのだろうか。それとも狐払いにはお金がかかるから、そうした家の子供しか曾祖父の施術を受けられなかったのだろうか。いずれにせよ、私が聞いた狐憑きの主人公は、話を混同してしまうくらいよく似た境遇の子供だった。家令や女中を供連れとした美少女である。

ところが、仮に春子と呼ぶその狐憑きはちがった。十七か八のモダンガールで、困《こう》じ果てた母親が連れてきたらしい。

伯母は春子が曾祖父を頼ってきた経緯を語った。

「春子さんはおとうさんを早くに亡くして、おかあさんが苦労して育てた一人娘だったの。でも、とびきりのべっぴんさんだからデパートに雇われて、金看板の案内嬢をしていらした。ほら、東京の子は知っているだろう、制服を着て白い手袋をはめている、女優さんみたいな女の人――」

大正という時代が、私にはわからなくなった。戦争の向こう側に、今と同じような世界があったとは知らなかった。私の家は新宿の伊勢丹を贔屓《ひいき》にしていて、祖母や母に連れられてしばしば出掛けたものだった。

「そんな春子さんには、好いた男の人がいて、休みの日にデートをしたんだね。デパートの休みは平日だから、きっとお相手も同じお店の店員さんだったんじゃないかしらん」

話が思わぬほうに向き、女のいとこたちは小さな嬌声を上げた。

「ちょうど花の季節だったの。でも、待ち合わせた場所がいけなかった。赤坂の豊川稲荷の、満開の枝垂桜《しだれざくら》の下に立っているうちに、狐が憑いてしまったのよ。男の人が時間に少し遅れて行ってみると、紅をさした春子さんの唇がとんがっていた。遅刻したので膨れているのかと思ったら、目の玉が寄っていたの。それでも、まさか狐が憑いたとは思わないから、宥めすかして境内の茶店に誘ったら、名物の稲荷鮨を、物も言わずに何人前も平らげてしまった。春子さんはお金持ちでもお姫様でもないけれど、とても器量よしだからお狐様に気に入られてしまったのよ」

女児たちの嬌声が悲鳴に変わった。伯母はかまわずに続けた。

「あんたらもべっぴんさんなんだから、油断しちゃいけない。夜爪を切ってはならない、左と右が不揃いの靴や下駄を履いちゃいけない。それと、もひとつ――満開の枝垂桜の下に立っちゃいけないよ」

その夜の伯母は興が乗っていた。

御嶽山の屋敷には、狐憑きを閉じこめるための座敷牢があると、母から聞いたことがあった。

だが、屋敷に生まれ育ったいとこたちに訊ねると、誰も知らない。彼らでさえ未知の場所がある広い屋敷のことなので、土蔵の奥だの物置だの、おそるおそる探検したのだが、やはりそれらしいものは見つからなかった。

狐払いの験力《げんりき》は曾祖父を最後に絶えたのだから、きっと座敷牢も壊されてしまったのだろうと思った。ところが、それはそれで怖ろしい話だった。屋敷の中には子供らにあてがわれた部屋がなく、そのつど適当な座敷に牀を取るから、もしやここが昔の座敷牢だったのではないかと、あらぬ想像をしてしまうのである。

いつ建てられたかも定かではない屋敷には、あちこちの客間にも、廊下にも階段にも便所にも台所にも、恐怖譚が詰まっていた。そんな家に住まう伯父や伯母に、かつての座敷牢のありかなど訊く気にはなれない。

思い立って母に訊ねても、かつてあったのか今もあるのか、それがどこなのか、答えはいつもあやふやだった。

おそらくは、明治大正の時代にありがたがられた曾祖父の験力も、今となっては気味の悪い話にちがいないから、母は多くを語らなかったのだろう。

それはさておくとして、伯母の話である。

赤坂新町の借家に住んでいた春子は、母親に連れられて広尾の赤十字病院に行ったのだが、すぐに青山脳病院を紹介された。

しかし、一夏を入院しても病状はいっこうに好転せず、かさむ費用にも耐えがたくなった。貪婪《どんらん》な食欲にもかかわらず春子の体は日に日に痩せてゆき、睡眠薬と鎮静剤で眠り続ける有様になった。

大脳切除の手術をする、という話にはさすがに腰が引けて、あとさきかまわず退院したのが冬のかかりだった。

すでに春子は勤めを辞めており、母親も内職どころではなくなり、わずかな貯えと知人からの善意だけが頼りとなった。

そうしてふたたび花の季節が訪れたころ、近在の老人が武蔵御嶽神社の御札を届けてくれた。牙を剥いた黒い獣の姿に「大口眞神《おおくちのまがみ》」と書かれた、お狗様《いぬさま》の護符である。

春子はこの御札を畏《おそ》れた。医者のいう「発作」を起こして、たわいもないことをしゃべり続けたり、癇癪《かんしゃく》を起こしたり、クォンクォンと鳴きながら跳ね回っても、御札をつきつけると猫のようにおとなしくなった。

だが、それはいっときの熱さましのようなもので、もとの春子が戻ってくるわけではなかった。

老人はなかば呆《ほう》けていて話がうまく通じぬのだが、何でも青梅の先の御嶽山という霊山に、狐払いで名高い神官がいるらしい。そこで母親は、とるものもとりあえず春子を連れて出発した。

地図は頭になかった。東京市のうちならば、郡部といってもさほど遠くはなく、まさかこれほどの深山であるとは考えもしなかった。

二俣尾の駐在所で、「狐払いの神主様」と訊ねると、巡査は気の毒そうに春子を見やりながら即答した。

「ああ、鈴木の御師様だね。鈴木一宮《かずみや》さん。だが、今からじゃあ日が昏れちまいますよ」

多摩川の渓流に沿って歩くうちに陽は山間《やまあい》に翳《かげ》り、滝本からの急な登りにかかるころには、とっぷりと昏れてしまった。

もし力尽きて倒れるか、春子が暴れて手に余ったなら、それもご神意のうちなのだから仕方がないと母親は思った。帯揚げで春子を絞め殺し、自分も首を絞《くく》るぐらいの覚悟はできていた。

そしてとうとう山道に行き昏れて、精も根も尽き果てたとき、双児のようによく似た幼い姉妹が、母親と春子の前に現れたのだった。

大口眞神の化身にちがいないと思った。

「いやいや、さようにたいそうなものでありますものか。ごらんの通り、わたくしの孫娘でございますよ」

祖父は胸まで垂れた白髯を撫しながら笑った。

「しかし御嶽神社には、ご東征の折に道に迷われた日本武尊《やまとたけるのみこと》を、黒と白のお狗様が導き奉ったという言い伝えがございましてな。だとすると、あるいはご神意かもしれませぬ」

祖父は神に類する言葉を口にするとき、必ず目を伏せて一礼した。「御嶽神社」「日本武尊」「お狗様」「ご神意」と、いちいち頭を下げる話し方は、聞く人を敬虔《けいけん》な気持ちにさせた。

*

突然の訪《おとな》いだったが、祖父は殿下閣下の令嬢を接遇するときといささかも変わらずに、貧しい母子を御神前に通した。

「今はおとなしくしているのですが、どうかすると手が付けられなくなって」

春子は母親のかたわらで、何も見えず何も聞こえぬふうに座っていた。

「初めはみな同じです。ここがどこで、この爺が何者なのかよくわからぬから、じっと様子を窺うているのです」

たとえお狐様ではなくとも、この屋敷を初めて訪れた人はみな仰天する。伽藍《がらん》と見えて寺ではなく、宿坊ではあるが旅館ではない。狐もとまどっているのだろうと、ちとせは思った。

「あの、御師様――」

くたびれ果てた母親は、何かを言いかけて力尽きた。

「ご心配は無用です」

祖父は母親の心を読んだ。

「お代物《だいもつ》のことは、一切ご無用に願いたい。たとえやんごとなき御方にあらせられようと、市井の娘さんであろうと、大神の御目から見れば大凡下《だいぼんげ》のひとりにすぎませぬ。むろんご神意を承るわたくしのなすことも、変わりはございませぬ」

母親はたちまち顔を歪めて、畳に泣き伏してしまった。

祖父は春子に向き合った。

「お嬢」

春子は健やかな人の声で、「はい」と応じた。狐の本性が顕《あら》われやしないかと、ちとせは思わず身をすくめた。

しかし祖父は、狐など無視して春子にのみ語りかけた。

「わたくしはデパートというところに行ったことがないのだが、百貨店と呼ぶからには、何でもかでも売っているのだろうね」

「はい。何でも売っています」

春子の赤い唇が、花の綻ぶように微笑んだ。

「食堂ではハイカラな洋食を出すと聞いているが、何階だろうね」

「はい。七階でございます」

「ほかにもいろいろと欲しい品物がある。いずれ伺うゆえ、案内していただけまいか」

「はい。かしこまりました」

祖父の狐落としは、そんなふうにして始まった。

＊

伯母が一息ついたとき、私は腹這いになって訊ねた。

「ねえ、おばさん。座敷牢はどこにあるのさ」

子供らはみな眠ってしまっていたのだろうか。伯母は畳の上に膝を滑らせて、私の枕元ににじり寄った。

「今どきそんなもの、あるはずはないだろう」

「でも、おかあさんが言ってた」

「あんたを怖がらせたんだよ」

「昔はあったのかな」

伯母の答えはあやふやになった。母の口ぶりと同じだ。

「つまらないことを訊くのなら、話はこれでよしにするよ」

私は黙りこくるしかなかった。伯母は私の掛蒲団の襟を押さえながら、息のかかるほど顔を寄せてきた。

「口はへらないわ寝付きは悪いわ、まったく手を焼かせる子だ。ヒゲのおじいさんが達者だったら、一日じゅう叱られっぱなしだったろう」

私ひとりを相手にして、伯母は話を続けた。

*

ちとせは狐憑きを見慣れていた。

祖父の験力を頼って、一年に何人も、どうかすると毎月のようにやってくるのだから、それはたとえば、医者の子供が病人を見慣れているのに似ていた。

大方の狐は入山したとたん神妙になり、それほど祖父の手を煩わせなかった。

注連縄を張り繞《めぐ》らせた客間に寝泊まりし、朝夕に御神前でお祓《はら》いをし、五穀を断って黒大豆を煎じた薬湯を飲み、何日か経つと狐が落ちた。

いくらか手強い狐憑きには行法が必要だった。東に向いて息吹《いぶき》の行をし、綾広《あやひろ》の御滝まで歩いて水行をし、ときには夜更けに御神前で祖父と向き合い、禅問答のような応酬をした。それでもせいぜい十日か半月で狐は落ちた。

ごく稀に、祖父の験力の通じぬ大狐もあった。日に一升の大飯を食らい、一斗の水を飲み、行には従わず、問答でも祖父をやりこめた。そうした厄介な狐憑きは、祖父も早々に降参して下山させるのだが、中にはその機会を失して首を絞ったり、もっとひどい有様で死んでしまう場合もあった。

そのような経緯や結末を、物心ついたときから見ている屋敷の子らは、やはり医者の子供と同じなのである。それも、きのうきょうの家業ではない。三百年も代を重ねて承け継がれ、母も祖父もその弟妹たちも、みなが見てきた日常の風景だった。

「あの姐様、じきによくなるね」

翌《あく》る朝、学校に向かう山道で姉が言った。ちとせもそう思った。門前の小僧ならぬ娘たちは、人間に取り憑いた狐の性《しょう》のよしあしを論じて畏れなかった。

姉妹が家を出るとき、春子と母親は使用人たちに交じって、せっせと廊下を拭いていた。古い着物に襷掛けで立ち働く様子は、季節雇いの女中に見えた。

春の大祭のあとさきは講社の団体客が多いので、山麓の村々から女手を借りるのである。

「行って参りまあす」

二人がそう言いながら廊下を通り過ぎると、女中たちはみなかしこまって、「行ってらっしゃまし」と応じる。

春子は玄関の式台まで見送ってくれた。身なりは女中と同じでも、三日月の眉を凜《りん》と引いて、真赤な口紅をさしていた。

帯の上で手を重ね、腰をきっかりと折って頭を下げるさまは、婦人雑誌の口絵で見たデパートガールのしぐさそのものだった。

ところが、姉妹の予測に反して、春子に取り憑いた狐はなかなか落ちなかった。

春子の表情は日にいくども、美しい娘の顔と獰悪《どうあく》な獣の顔に入れ替わった。たとえば、縁側の陽だまりで何ごともなく語らいながら、ひょいと顔を上げたとたん、唇が尖り両目が中に寄った狐の相に変わっていた。そして周囲の人がアッと驚く間に、また元の春子に戻った。

夕昏どきに山奥から獣の声が渡ると、たちまち裸足で門から飛び出し、藪の中を跳ね回ってクォンクォンと鳴いた。

夜にはきまって嫌な臭いを漂わせた。何代か前のご先祖様が大立回りの末に仕止めたという、月の輪熊の敷物と同じ臭いだった。

その臭いを垂れ流すときには、どこからともなく妙な音が聴こえた。遠くで柝《き》を打つようでもあり、近くの柱が罅割《ひびわ》れる音のようでもあった。立て付けの悪い扉が、ギイと軋《きし》むようであったり、天井裏で玄能がひとつ、打ち下ろされたかと思えることもあった。

最も怪異であったのは、誰が聞くでもないのにやおら始まるおしゃべりだった。素《す》の春子はすこぶる口数が少ないのだが、その唇を藉《か》りた狐の語りは、まこと取り止めようがなかった。

「まあ、みなの衆、聞くがよい。わしが山王様の山下の、溜池《ためいけ》のほとりに棲もうておった時分の話じゃ。夏の盛りのこととて、近在の大縄地《おおなわち》にある御先手《おさきて》組の同心どもが、非番の暇に褌《ふんどし》ひとつで水浴びをしておったと思うがよい。ちょうどそこに、目の前の御門が開いて、赤坂中屋敷にお退がりになられていた、筑前福岡は黒田美濃守様の御駕籠がお出ましになられての。同心どもは水遊びに夢中で、裸の尻を御殿様に向けたまま、気付かずにいたのじゃから大ごとになった。御供衆が無礼者ッと叱りつければ、同心ばらとは申せ天下の御家人にも意地がある。御先手組の水練稽古を無礼と申すそこもとらこそ無礼であろう、と言い返しよった。押し引きするうち、大縄地からは御与力様が馬をせかして駆けつける、千石取りの御番頭《ごばんがしら》様まで出張ってくるという大騒動になった。放っておいたら血の雨が降ると思うたわしは、一計を案じての。穴から跳ね出て溜池を渡り、御駕籠からお首を出しておられた美濃守様に取り憑いたのじゃ。非番の折にもおさおさ怠りのう水練とは祝着な。どれ、急ぎの登城でもなし、余も久しぶりに稽古をつかまつろう。そう言うが早いか、御殿様は下帯ひとつの丸裸、溜池の濁り水にざんぶと御身を躍らせるや、玄海灘の荒波に鍛えたみごとな抜き手を切って、すいすいと泳ぎ始めた。いや、御殿様のお体を藉りてわしが泳いだのじゃ。こうとなっては御家来衆も御旗本もないわえ。御家老様も御番頭様も飛びこむ、馬上与力は馬ごと躍りこむ、溜池のほとりは時ならぬ水合戦のごとき有様になっての。まずは、めでたしめでたしじゃ」

そんな高調子で語り続けるのだから、まさか春子が話しているわけはなかった。

しかも、あんがい面白いのである。とりわけ、養子のせいで験力はないが、たいそう教養のある父などは、祖父をさし置いて話の先をせがんだりした。

「ところで、赤坂の溜池は御一新ののちに埋め立てられてしまいましたが、お狐様はどうなさったのでしょう」

などと、真顔で訊ねた。そのとき祖父は、婿養子を叱りつけようとして口を噤《つぐ》んだ。父は父なりに、狐の正体を暴《あば》こうとしているのである。

狐は父の計略にかかった。

「まあ、聞くがよい。わしは遥けき昔から、溜池のほとりに棲もうておったのじゃ。人の都合で里を追われる狐の身にもなってみよ。まずは星ヶ岡に登り、旧《ふる》い誼《よしみ》の日枝山王大権現様に向後《こうご》の宿りを乞うた。しかるにどうじゃ。狐の宿は稲荷にきまっておろうと、けんもほろろに断られた。わしも齢が齢じゃし、長旅はかけられぬ。そこで赤坂の界隈をさすろうておるとな、赤い提灯を懸けつらねた立派な稲荷社に行き当たった。かの大岡越前様が、御領分《ぶげん》の豊川より勧請した稲荷じゃ。ところが腰を低うしてお頼みしてみると、野狐ばらが分限を弁《わきま》えよ、とこうじゃ。致し方なくそのあたりの裏路地に棲みついて、残飯をあさり、飼犬の上前をはねるなどして、どうにかこうにか命を繋いで参った。のう、そこらの性悪狐でもあるまいに、よほど食うに困らねば人に取り憑いたりするものか。御師様。不憫《ふびん》に思うてはくれまいか」

狐の正体がわかった。たしかに春子の体を乗っ取ってはいるのだが、さほどの悪さはせず、かと言って祖父の験力にことさら抗うでもなかった。しかし、なかなか落ちないのである。

腹をすかせた老狐が、たまたま満開の枝垂桜を見上げていた春子に取り憑いた。やむにやまれず、そうでもしなければ飢えて死ぬからだった。

その日をしおに、祖父は狐払いの行をやめてしまった。さほど力を使ったはずはないのに、祖父の闘志は萎えて、日ましに憔悴してゆくように見えた。

三度の食事は山盛りの赤飯と油揚げに、一碗の白酒まで添えられた。狐の意のままになってはならぬはずなのに、おもうさんは耄碌《もうろく》なすったんじゃないかしらん、などと父母は蔭口を言った。

狐は験力によって屈服させねばならないのである。だから手を緩めたり好物をみだりに与えたりするのは、たいそう殆《あやう》いことだった。

だが、妙なことに春子に憑いた狐は増長しなかった。講社の季節が終わり、登山や避暑の客が訪れるころになっても、そうと聞かなければわからぬ程度に、春子の体に棲み続けていた。

狐はつけ上がらず、春子は働き者で、祖父はめっきりと老いた。だが、そのままでよかろうはずはなかった。

＊

ちとせ伯母は私の顔を覗きこみながら、思いついたように言った。

「そうそう、こんなことがあった。あんたらのおじいさんが、神社の宿直から帰るなり、かんかんに怒ってヒゲのおじいさんを叱りつけたの」

穏やかな気性の祖父が、曾祖父を叱る図など想像がつかなかった。

「さかさまだよ。ヒゲのおじいさんがおじいさんを叱ったんだ」

「そうじゃなくって、婿さんが怒鳴ったのよ。おもうさん、たいがいにして下さい、って。春子さんが真夜中に神社の社殿に忍びこんでね、御神饌《おみけ》の鯛やら雉子《きじ》やら、何から何まで食べ散らかしてしまったの」

社殿の闇の底で、雉子の羽をむしってはかぶりつく女の姿が胸にうかんだ。

「おじいさんはとても機転の利く人だったから、春子さんを追い払ったあと社殿の掃除をして、御神饌は猿に盗まれたことにしたのよ」

「ヒゲのおじいさんのせいじゃないのに」

「でも、おじいさんはかんかんに怒った。こんなことが二度あったら、猿のせいにはできません。第一、神様に申し分けが立たんじゃないですか。よろしゅうございますか、おもうさん、今日の明日にでもどうにかして下さい、って」

そこはきっと、東に向いて豁《ひら》けた裏廊下だったのだろう。稲妻の形をした神様が躍りこんだそのあたりは、夏には涼風が吹き抜けて、年老いた曾祖父が寛ぐにはころあいの場所に思えたからだった。

従順な婿に叱りつけられて、背中を丸める老人の姿が見えた。

曾祖父は呟く。

そうは言うても、年寄りが年寄りをどうこうするのもなあ――。

＊

ちとせは辛抱ならなくなって、春子の姿を捜した。

裏門の青い楓の葉蔭に、春子はぼんやりと佇んで景色を眺めていた。その場所はとても見晴らしがよくて、真東に聳《そび》える日の出山の両袖に、筑波山から江の島までが遥かに望まれた。

断髪のうなじを陽に晒した後ろ姿は哀しげだった。東京の家に戻った母親や、あれきりになってしまった恋人を慕っているようにも思え、また見ようによっては、春子の体のほかに宿るところを失った老狐が、赤坂の街を懐しんでいるようでもあった。

「姐様――」

ちとせは絣の袖を引いた。

「おじいさんも、おもうさんも、たいそう困っておいでなの。悪さはもうこれきりにしてね」

春子は両掌で顔を被った。細い指の間から洩れる泣声は、ときどきクォンクォンと裏返った。

かれこれ三月《みつき》もともに暮らして、怖れる気持ちはなくなってしまっていた。女中たちの中には、狐憑きより性悪で、みんなから嫌われている人もいた。

クスン、クスン、クォン、クォンと、ひとつの体の中で春子と狐が泣いていた。いったい何がどう切ないのか、ちとせには難しくてわからなかった。

きっとおじいさんにもわからないから、往生してしまっているのだろうと思った。

その夜、ちとせは祖父に名指されて依童《よりわら》になった。

大広間の御神前は板戸で仕切られ、灯明が立てられた。

斎戒沐浴して純白の浄衣《じょうえ》を着た祖父がかしこまり、父が石笛《いわぶえ》を吹いた。ちとせはそのかたわらに、小さな巫女《みこ》のなりをして座った。

ただおとなしく座っているだけでよい。神様が穢れなき童女に依り、祖父の験力を引き出すのである。

神の名は知らない。依童を務めるたびごとに、ちがう神様が憑《かか》るような気がする。御嶽山には八百万《やおよろず》の神が遍満しているので、いつもちがうのだろうと思う。

春子は神妙だった。

「高天原に神留《かむづま》り坐《ま》す皇親《すめむつ》神漏岐《かむろき》、神漏美《かむろみ》の命《みこともち》以て、八百万の神等《かみたち》を神集《かむつど》えに集え給い、神議《かむはか》りに議り給いて——」

祖父が長い祓詞《はらえことば》を宣《の》るうちに、夜の黙《しじま》を裁《さば》いて雷鳴が近付いてきた。

「御師様、いかがいたしましょう」

父が石笛を止めて訊ねた。

「お渡り願おう」

仕切りの板戸が開けられ、表廊下と裏廊下の雨戸がそれぞれ一枚ずつ外された。生ぬるい風が吹き抜けて、御神前を繞《めぐ》る紙垂を騒がせた。

祖父は春子と対峙した。

「七十の年寄りが、齢《よわい》幾百のおまえ様に物申す無礼は承知している」

石笛がはたとやんだ。父はうろたえていた。祖父の声は神のものではなかった。

「おもうさん」

と、たまらずにたしなめる父を、祖父は浄衣の袖をかかげて制した。

「しかるに、齢《とし》を経《ふ》れば偉いという道理もあるまい。おまえ様もたんと生きたのだから、そろそろ聞き分けてはくれまいか」

神が瞋《いか》った。雷鳴が轟き、屋敷が揺れ動いた。

父はもう、神意を斥《しりぞ》けて人の説諭をする祖父を、咎めようとはしなかった。ただただ畏れ入って身をこごめ、稲光が庭先に爆ぜると依童のわが子を胸に抱き寄せた。

春子は涙を流しながら腰を浮かせ、クォンクォンと激しく鳴いた。

「人の情けにすがるのもたいがいになされよ。山王様よりも豊川様よりもやさしい娘御をかくも苦しめて、このうえ何を望むのだ。恥を知りなさい」

祖父は人の声で説き続け、狐は身悶えながら嘆き続けた。

震える父の腕の中で、ちとせはおぼろげに、今何が起こっているのかを知った。神に仕える人間が、神をないがしろにした神事を行っているのだ。

祖父は日ごろの行のように呪文も唱えず、印も結ばなかった。ただひたすら、狐を膝詰めにして道理を説いた。

「幾百年も生きて、いったい何を畏れる。真に畏れるべきは神ではない。人の情けを畏れよ。名を惜しめ」

おじいさんが死んでしまう、とちとせは思った。そのとたん、大広間の闇を鉤《かぎ》の手に引き裂いて、稲妻が光った。神様がお渡りになった。

おそるおそる顔をもたげた。春子が畳の上に仰向いており、御幣《ごへい》を握りしめて端座する祖父の白髯からは、うっすらと煙が立っていた。

＊

「あのお狐様はかわいそうだった。春子さんの体を乗っ取ったつもりなどなかったんだと思う。ふるさとの山が崩されて、池が埋め立てられて、どうにも行き場をなくした野狐なんだもの」

ちとせ伯母は悲しげに言った。

いつしか天井を踏む足音も、人の声も絶えていた。屋敷は神の掌にくるまれて、眠りについていた。

私はうつらうつらと伯母の話を聞いた。

「春子さんはその晩から、天井裏のお座敷にとじこめられた。二度と悪さをさせてはならないからね」

天井裏のお座敷――そんな場所は知らない。もしやそこが、母の言っていた座敷牢なのではないかと、私はなかば夢見ごこちで考えた。

「その昔はお蚕《かいこ》部屋だったそうだけど、ヒゲのおじいさんがさかんに狐落としをするようになってからは、手の付けられないお狐様を押しこめるところになったの」

「今もあるのかな」

と、私はまどろみながら訊ねた。

「女中さんたちのお部屋に、押入れの並びの唐紙《からかみ》が立ててあるから、わかりづらいけどね」

それから伯母は、話の結末を語りおおしたのだろうか。不覚にも眠ってしまった私には、聞いた記憶がなかった。

翌る日は太々講《だいだいこう》の餅まきがあって、定刻になると子供らも使用人たちも、みな鳥居前の広場に出かけた。

講社の氏子たちが、宿坊の縁側で金や餅を撒き、さらに鳥居前の石段から同様に大盤振る舞いをし、神社に上がって御神楽《おかぐら》を奉納するのである。

餅はともかくとして、足元も怪しい赤ら顔の氏子がありったけの硬貨をぶち撒けるのだから、山上の子供らや使用人たちにとっては楽しみだった。どこそこで御太々があると聞けば、人々は仕事もほっぽらかして駆け出したものだった。

私はそのどさくさに紛れて、こっそり屋敷へと戻った。

北向きの女中部屋は陽が入らず、肥の臭気が蟠《わだかま》っていた。押入れの唐紙を一枚ずつ開いてゆくと、ふいに重ね蒲団ではない暗渠《あんきょ》が現れた。

狭くて急な梯子段が付いていた。唐紙を内側から閉め、目が闇に慣れるまでしばらくじっとしていた。

梯子段を登りつめたところで頭をぶつけた。天井裏の床に、頑丈な木を格子に組んだ板戸が嵌っていた。

やっぱり座敷牢なのだと思った。しかし錠がかけられているわけではなく、力をこめて押すと、格子戸は水平に開いた。

北側の明りとりの窓から、わずかに午後の光が差していた。巨大な長持やら、抱稲《だきいね》の家紋を徽《しる》した鎧櫃《よろいびつ》やら、座蒲団を敷いたままの山駕籠やらが、整然と並んでいた。

それらは埃にまみれていたが、指先でこすれば濡れ雑巾で拭いたように、つややかな黒漆が耀《かがよ》い出た。

そうこうして奇《めずら》しがっているうち、まったく突然、寝物語の結末が耳に甦った。夢うつつに聞いた伯母の声だった。

私はいつの時代の母のものともしれぬ長持に、背中を預けて膝を抱えた。

——春子さんをとじこめると、上がり口の格子戸にはしっかりと錠をおろしたのよ。だから、そこが座敷牢というなら、そうかもしれないね。日に一度だけ、御神前から下げてきたご飯を小さなおむすびにして、茶碗一杯のお水を添えて持って行くの。

でも、春子さんは手を付けなかった。嫁入道具の長持の前にちんまりと座って、ずっと泣いていた。

あれは狐が泣いていたんじゃあなくって、心のやさしい春子さんが泣いてらしたんだ。ときどき、クォンクォンと狐も鳴いたけれど、その声はだんだん小さくなって、しまいには春子さんの声だけになった。

何日ぐらいそうしていらしたんだろう。雨上がりの朝に、私がおむすびとお水を持って上がってみると、長持の前に春子さんが体を丸くして、すやすやと眠っていた。とても安らかな寝顔だった。

それでね――。

春子さんの白い腕を手枕にして、お狐様が死んでいたの。猫みたいに小さくて、からからに干からびていた。少し牙を剥いていたけれど、苦しんだふうには見えなかった。

木の枝みたいに痩せてしまった手が、春子さんの胸元に置かれていてね。あれは息の上がるときに、ありがとうかごめんなさいかを言ったんだと思う。

春子さんのもう片方の手は、狐の尻尾を握っていた。きっと、ごめんなさいを言い続けていたんだね。

そのうち、おじいさんとおもうさんが上がってきた。有様をひとめ見たなり、おもうさんは泣き出してしまった。

おじいさんは春子さんの寝息を確かめて、ほっとした様子だった。

「お嬢が目を覚まさぬうちに、片付けなさい」

おじいさんに命じられて、おもうさんは泣く泣くお狐様を懐に抱き上げた。

「聞き分けたのでしょうか」

と、おもうさんは訊ねた。

「さて、どうだろう。年寄りが飲み食いしなければ、ひとたまりもあるまい」

本当はどうだったのか、私にはわからないわ。狐が自分で飲み食いをやめたのか、それとも春子さんがそうしたのか、どっちにしても悲しい話にちがいはないから、考えることはよしにしたの。

「他人事《ひとごと》ではないがね」

「つまらぬことは言わないで下さい」

おもうさんはそう言って、狐のなきがらを赤ん坊のように抱きすくめながら、梯子段を下りて行った。

「お嬢」

おじいさんに揺り起こされた春子さんは、大きなあくびをしてから、きょとんとまん丸な目を瞠った。ここがどこで、自分が何をしているのかわからないふうだったわ。

上ッ面だけの美人は世間にいくらもいるけれど、こんなべっぴんさんはそうそういないと思った。

いいかね。あんたも年頃になったら、そういう女の人をお探しよ。

それから、まちがったって自分が狐になったりするんじゃあない。おばさんと約束しておくれ。

不覚にも眠ってしまったはずなのに、伯母の話を心が覚えていたのだった。

遠い昔に、美しい人と老いた狐が横たわっていた天井裏の古畳を、私は掌で愛おしんだ。そこには悲しみなどなくて、命の灼《あらた》かさが今も残っているように思えた。

最後まで語りおえねばならなかった理由を、私は知っていた。夫に許し難い不実があり、惣領の息子を婚家に残し娘だけを連れて、伯母は実家に戻ったのだった。

だが私には、春子に取り憑いた狐が悪者には思えなかった。

天井裏のお座敷を出て表廊下に立つと、曇り空が眩ゆかった。山上の社殿から、太々神楽の鐘鼓が聞こえてきた。祖父も曾祖父もとうに神上《かむあが》っていたが、太古から伝えられた御神楽の中には、父祖の魂魄《こんぱく》がとどまっているような気がした。


狐払いの修祓《しゅうばつ》は、精神医学が未発達であった時代の民間療法だったと考えられているのだが、伯母から詳細な話を聞いている私には、どうにもそうとばかりは思えない。

家伝の秘法は曾祖父を限りに絶え、必然か偶然か玄孫のひとりが精神科医になった。

私は今もしばしば、数葉の写真でしか知らぬ曾祖父の夢を見る。しかしその夢の中の曾祖父ですら、精神科医に言わせれば、ユング心理学でいうところの「老賢人《オールド・ワイズ・マン》」という存在であるらしい。

神に近しい人間であった曾祖父は、どこも神に似てはいなかった。ならばユングの曰く
その呼称が、やはりふさわしいのかもしれぬ。

ロング・インタビュー

「物語の生まれる場所」

聞き手／東雅夫
構成・文／門賀美央子

神気横溢する山で語り継がれる物語

――今回、『幽』第二十四号の特集として「怪談におけるリアルとフェイク」の問題を取りあげようと考えたときに、まず脳裏に浮かんだのが、浅田さんが手がけてこられた奥多摩の霊峰・御嶽山をめぐる一連の物語でした。二〇〇六年刊行の『あやしうらめし あなかなし』に収録された「赤い絆」と「お狐様の話」を読んだときの衝撃は今も鮮烈ですが、二〇一四年、『神坐す山の物語』が上梓されたことで、それこそ柳田國男の『遠野物語』に匹敵するような「御嶽山物語」が誕生したなという感を深くしました。そこで、まずは浅田さんにとって、お母様の故郷である御嶽山で実際に起こった怪談奇聞が、やがて小説作品へと結実する過程などを伺えればと思います。

浅田　あれらの作品のモチーフとなった出来事は、すべて本当にあったことです。舞台となった宿坊は「山香荘《さんこうそう》」の名で今も営業していますし、語り手のちとせ伯母をはじめ、作中人物も実在した人物ばかりなんですよ。

――二〇一五年の七月に鉄道会社等の主催で「作家・浅田次郎氏が小説で描く御岳山の世

界に浸る会」が開催されました。このイベントには幸いなことに私も参加でき、イベント終了後、御本人の案内で、作品のモチーフとなった出来事が実際に起こった現場を見学することができました。あれは本当に貴重な体験でした。

浅田　現在の御嶽山の表面的な印象は、小説を読んで感じられたものとは、ずいぶん違うかもしれませんね。いまや気軽に行ける観光地ですから。しかし一枚めくると、昔ながらの「山」が残っています。肌で感じる神の息吹のようなものは変わっていない。神気に満ちたあの空気を文章で表わすのは難しいのですが、小説の中で使った「八百万《やおよろず》の神々が遍満する」という表現は、意外としっくりきました。小さいのから大きいのまで、いろんな形をした無数の神様が、そこら中にいる感じが、あの山には今もあると思います。とはいえ、全体はかなり近代化されましたけどね。山香荘も私が子供の頃はもっと古めかしい、いかにも神官屋敷といった雰囲気でした。

――現在の山香荘は、どれくらい昔の面影を留めているのでしょうか。

浅田　建物の骨格やサイズは同じですが、その他はほとんど遺されていません。はっきりと面影があるのは、大階段と広間の端に残った廊下の一部ぐらいです。

――大階段は、しばしば作中にも登場しますね。特に「赤い絆」で描かれた、投宿したわけありの美女が踏板に座ってお手玉をつくシーンなどは、たいそう印象的です。

浅田　あの大階段は昔のままです。今の感覚で見れば、大階段というほどではないけれど、僕の心の中では、あの三倍はありました。子供の視野でしたからね。

——宿を取り巻く環境も、大きく変わっているのでしょうか。

浅田　そうですね。門の位置も今と違ったし、広い中庭もありました。また、屋敷の周囲は鬱蒼たる森で、まさに昼なお暗いという感じだったなあ。しかし、見晴らしを良くするために裏手の木を伐《き》ったり、台風が来るたびに倒木があったりして、ずいぶんと明るくなりました。

——なるほど。山並みの彼方に関東平野を一望できる新館からの眺望は素晴らしいですが、あれは近年になってからのものなのですね。

浅田　新館は戦後に建てられたものです。あの頃は家を建て増しするにしても、下から建材を運ぶようなことは一切しませんでした。山の木を伐り出して、すべて山上で造ってしまうのです。だから山中に製材所もありました。そして、すべて山のもので造られた建物は山と奇妙な一体感を醸し出し、全体でひとつの塊であるような異界感がありました。あの雰囲気は、今はもうありません。

——往事を知らない者にしてみれば、今でも十分、隠れ里に入り込んだような気分を味わうことができます。ケーブルカーを降りて、緩やかな山道を歩いてゆくと、少し先の山腹に突然、集落が遠望できるあの感じは、御嶽山独特の光景でしょう。浅田さんは、おいくつぐらいから、ああした風景をご覧になっていたのでしょうか。

浅田　たぶん、僕が最初に山に行ったのは、祖父——母の父が亡くなったときだと思います。昭和二十七年の冬だったので、僕はまだ首が据わるか据わらないかの時分だったでしょう。以後はもう毎年のように行っています。

——そのお祖父様というのは、作品にも登場する方ですよね。笛の演奏がとてもお上手だったという……。

浅田　はい。今回の作品に関しては、ストーリーについては多分に脚色したところもありますが、登場人物に関しては、だいたいそのままです。曾祖父と祖父については、人から聞いた話をベースに人物造形しましたし、『神坐す山の物語』の「神上《かむあが》りまし し伯父」に登場する伯父は、まったくあそこに描いたとおりの人でした。

聖地が育んだお伽噺のような実話

——あえて野暮な質問をいたしますが（笑）、ストーリーはどの程度、脚色されたのでしょうか。たとえば「神上りまし し伯父」では、浅田さん御自身が少年時代、御嶽山の神使である白黒二頭のお狗様を目撃される、きわめて印象的なエピソードが出てきますが。

浅田　あれはこの目ではっきりと見ました。屋敷には昔、神社へと向かう道に面した長屋門がありました。その門が見える表廊下で日向ぼっこをしていたら、杉木立の森を抜けて二頭の犬が降りてきた。白と黒の二頭が連れ立ってやって来て、ともに僕をしっかりと見て認識したようだったから、こちらに来るのかなと思っていたら、そのまま下の方へと降りていきました

――お狗様はニホンオオカミだという説もありますが、狼のような姿形だったのでしょうか。

浅田　う〜ん。それはどうかなあ。武蔵御嶽山の御札に描かれるとおりの姿で白と黒だったから、犬だと思いました。狼には見えなかったかな。体はわりと大きかったですよ。もっとも、まだ子供だったから大きく見えただけかもしれませんが。とはいえ当時、山でそんな犬を飼っている家はありませんでした。また御嶽山は国立公園内の禁猟区だから、猟犬がいるはずもありません。

――お狗様の実見譚は少なくないそうですね。

浅田　ええ。ただし全員が全員、本当に見たとは限らないけれど。他人に聞いた話を、あたかも自分の体験談のように語る人もいるでしょう（笑）。ただ、僕に関しては、小説に書いたとおりの状況で実際に見ました。伯父から「今の話は誰にも言うんじゃないよ」と釘を刺されたのも、そのままです。当時はどうして喋ってはいけないのかなと疑問だったけれど、今になって思うと、伯父は正しかったと思います。ああしたことは、軽々に話すようなことではないですから。

——小説では、お狗様を見た浅田少年は、さほど驚くでもなく、いたって自然なことと受けとめていたようですが。

浅田　普通だったら吃驚《びっくり》したり不思議に思ったりしますよね。でも当時の僕は、見るべきものをやっと見た、と感じたものでした。みんなが見るものを自分も見られた歓びのほうが大きかったかな。今にして思えば、あれは完全に神秘主義に侵されていたのでしょう。僕の知る限り、御嶽山は神秘主義がはびこるような場所ではないはずだけど、実は神秘が身近すぎて、気づけなかったのかもしれない。よく考えたら、神様のお使いが道をひょこひょこと歩いているはずがないんだから（笑）。

——神秘主義というと、やはり「お狐様の話」が思い出されます。貴顕の家の少女が狐に憑かれて壮絶な事態が起こるあの物語には圧倒されましたが、それがほぼ実話だと伺ったときの衝撃たるや！

浅田　「お狐様の話」と「赤い絆」で書いた逸話は、鈴木（浅田氏の母方の姓）の一族内ではとても有名です。家の伝承になっていて、母や伯母たちから何度も聞かされました。子供ながら素朴な疑問として、狐憑きなんて本当にあるの？　と思いもしましたが、大人たちは曾祖父が狐落としをやっている現場を目の当《ま》たりにしているから、自信を持って「ある」と断言する。しかし、家伝だった狐落としの術は、曾祖父が亡くなったのと共に絶えてしまいました。養子だった祖父には、そうした力がなかったのです。つまり、家業が絶えてしまったわけで、残念ながら僕たちの世代から下は、もう見ていません。

——では、あれらの物語すべては、語られた話を浅田さんが再構成したものということなのですね。

浅田　そうです。実際に見ていた人たちは、ものすごくリアルにそのときの状況を話しました。よって、描いたエピソードはすべて本当です。女の子に御櫃にご飯をよそって持って行くと、どこかに捨ててきたのではないかと思うほどすぐに、おかわりをくれと言ってくる。開封したばかりの酒樽に酒が一滴も残っていない。さらに、夜中にその子が一人で来て「おばさん、お水を頂戴」と言うから飲ませてやると、大甕《おおがめ》の水が空っぽになるまで飲む。昔は屋敷の水は滝から樋を引いて来ていたので、大甕は常に満たされた状態だったけれど、それも追いつかないぐらい飲んでしまうのだそうです。どうやって飲んだかまでは知りませんけどね。現代の医学によると、狐憑きは精神病の一種という話になるけれども、実際に症状を見た人は「あれは絶対に狐憑きであって、病気などではない」と断言していましたね。

——狐憑きのくだりは、まさに事実だけが有するリアリティに満ちていますね。あのディテールは創作しようとしてもなかなか考えつかないだろうし、よしんば考えついたとしても、かえって嘘っぽくなりそうで、書くのを躊躇しかねない気がします。

浅田　とうとう手首まで食べてしまったというエピソード、あれも本当にあった出来事です。複数の人から同じ話を聞きました。時代的に母は、自分では目撃していないだろうけれども、明治生まれの伯母さんたちは見ていますし、実体験として話していました。

――「赤い絆」も同様に、本当にあった出来事である、と。

浅田 もちろん。ただ、面白いことに、あの話は語る人によって微妙に細部がずれるのです。男は帝大の学生だったという人もいれば、慶應の学生だったという人もいました。ただ、大階段のすぐ上にある部屋で心中をして、男は死んで女は存《なが》え、翌日になって男の家族が来て、息子の遺体だけを持って帰り、女はその後しばらく生きていたという点は、全員に共通していました。

――あの心中シーンは凄まじいですね。女の片足が部屋の障子を蹴り破って廊下に突き出ていた、とか。

浅田 あの部分は脚色です。

――では、心中事件の後で怪異が連続して起こり、遂には部屋が「開かずの間」になった……というのは？

浅田 あれも私が創作した部分ですね。なんというのかな、あの屋敷には古い建物が持つ独特の怖さ、巨大な闇に対する怖さは漂っていましたが、幽霊みたいな変なモノは出るはずがないという妙な安心感がありました。神様が護《まも》ってくれているのだから大丈夫、と子供たち全員に刷り込まれていたのです。だから幽霊も出ないのだと思っていました。

——そうした豊かな民話的伝承が代々リアリティを持って語られる家で、浅田さんのように文才豊かな方が幼少期を過ごされたというのは、日本文学史上、稀にみる幸運時だったと思います。おかげで我々は、今こうして浅田版「御嶽山物語」を読むことができるのですから。

浅田　実際、御嶽山での生活がなければ、僕は小説家になっていなかったんじゃないかな。テレビのない時代、大人は子供たちに実にたくさんの話をしました。寝かしつけるために寝物語をし、本を読み聞かせてくれた。そうやって聞いた数々の話は僕の中に沈殿し、少しずつ醸成していった。そして、山には特殊な想像力を涵養《かんよう》する環境がありました。都会のコンクリートの中にあっても、幽霊は想像できます。しかし、いわく言いがたい精霊や神霊といった清らかな存在は、やはり森や山などの自然の場でないと現われません。まさしく遍満せる八百万の神であり、その気を肌で感じていたのが、小説家になった最大の理由かもしれないと思います。

虚と実が入り交じる境目

——今回の特集では「怪談における虚実」の問題に主眼を置いていますが、浅田さんは、お聞きになった実話を作品化する過程で、脚色すべきところとそのまま残すところの微妙な塩梅を、どのように考えていらっしゃいますか？
浅田　当然、小説に仕立て上げるために、随所に演出は入れています。このシリーズを描くにあたって、柳田國男の『遠野物語』は多少意識しました。あの時代に民俗学者になっていった人たちは、学者と小説家の境界に立っているようなタイプが多いですよね。『遠野物語』には出来過ぎな話も多いでしょう。少なくとも三島由紀夫が『小説とは何か』で「あ、ここに小説があった」と絶賛した「あなやと思う間も無く、二人の女の坐れる炉の脇を通り行くとて、裾に炭取《すみとり》にさわりしに、丸き炭取なればくるくるとまわりたり」という有名な描写などは、僕が見るに柳田の脚色ではないかと。こうしたディテールは口伝えでは伝承されるものではありません。しかし、柳田が文学的センスを発揮して素晴らしい演出をしたから、現実と非現実の境が曖昧になって、ひとつの傑出した作品になっている。そう考えると、学者ならぬ小説家である僕が書くものには、相当な脚色も許されるはずです。ということで、細かい部分はかなり演出を加えました。
――とはいえ一読しただけでは、そうした虚実の境目はまったく分かりませんね。そのあたりの叙述の秘訣は、奈辺にあるとお考えですか？
浅田　もしも境目の消失に成功しているのであれば、それはおそらく、話のベースになった「実話」がすべて子供の頃に聞いた話で、それを何度も自分の中で繰りかえし思い出すことで醸成されていったものだからだと思います。子供の頃の記憶は、どこまでが現実で、どこからが空想か分からないところがありますね。その感じが作用したのだと思う。もし、これが取材をして聞き集めた話を書いたものだったら、どうなったかはわかりません。取材をした者としての責任を感じるから、そんなに大胆に、作り話にしてしまうわけにはいかなくなりますからね。

――怪談における虚実のバランスというのは、常に微妙な問題ですね。

浅田　怪談においては、根っから全部つくった話は、むしろさほど多くはないでしょう。鶴屋南北の『東海道四谷怪談』などが好例です。あれほど成功した怪談は、もう二度と出ないと思うほどの大変な傑作ですが、あれも実は江戸市中で語られていた、いろいろな噂話やゴシップを繋ぎあわせて、ひとつにまとめているでしょう。

――そうですね。もともと四谷左門町に伝わっていた実話をベースに、江戸で起きた大小の事件を付け加え、さらに『忠臣蔵』のスピンオフとすることで二重三重の虚構をつくり上げています。

浅田　まさにそこが成功の鍵だったわけです。四谷怪談の革新性は、怪談を「自分の身にも起こるかもしれない」という位置に持っていったことでした。自分の出世のためには女房すら犠牲にする伊右衛門は、悪ではあるけれども、誰でも同様の利己心を持っている。結局、怪異を通して普遍的な人間性を描いたわけです。だから、怖い。

怪談は文学の必然だった

――『あやしうらめしあなかなし』の双葉文庫版に収録されたインタビューの中で、怪談文芸の先達として、上田秋成の『雨月物語』を真っ先に想起されるとおっしゃっていましたね。

浅田 怪談を、かくも美しい、ロマンティックな物語として書いた人間は、秋成の前にいないのではないでしょうか。彼はモチーフを古典文学の中に見つけ、その上でオリジナルの美的修飾を重ねていきました。結果、世にも素晴らしい怪談文学が生まれたわけですから、実に偉大です。

――秋成は、男が妖女の棲まいを訪れる場面になると、文中にさりげなく『源氏物語』の「夕顔」の巻の一節を織り込むといった高度なテクニックを駆使していますね。ああいうのは、そうそう誰にでも出来る技ではなかろうと。

浅田 そういえば『源氏物語』における怪談の取り入れ方も興味深いですね。ひと昔前までの長篇小説は、ひとりの人間の一生をずっと追っていくというような考え方はあまりしなくて、いろんなエピソードを組み合わせる作り方が主流でした。よって、物語に起伏をつけるために、怪談は必要な要素だった。ディケンズやブロンテ姉妹など、十八〜十九世紀に書かれた英国の長篇文学にも、決まって怪異譚が出てきます。今の目で見ると取ってつけたエピソードに見えるけれど、読者を惹きつけるためには、やはり必要だったのでしょう。そういう意味において、文学における怪談は自然発生的に生まれたのだと思います。

――思えば『源氏物語』に始まり、『今昔物語』『雨月物語』『遠野物語』『天守物語』と、時代ごとに怪談を文学へ昇華する名作が次々と生まれましたが、なぜかそれらはすべてタイトルに「物語」という言葉がついている。そんな妖しきモノガタリの系譜に、このほど『神坐す山の物語』が加わったことは重要な意味を持つと、私は考えています。

浅田　今回の執筆にあたっては、余分なことは一行も書くまいと心に決めていました。読んでいただくと、文章はもちろん、描写なども余分なことは一切書いていないはずです。では、なぜそうしようと考えたかというと、この作品では、いにしえの神気を漂わせる山を舞台に、神道という日本固有の宗教を取り扱っているからです。それは純然たる日本であり、それゆえ和歌や俳句を詠《よ》むような呼吸で書かないと「純然たる日本」の世界は表現できない。だから文体には非常に気を配りました。具体的には、どのようにすれば最小限の文章の中に、大きな物語を入れられるのかということを常に考えていましたね。短い定型詩が文学の主流であり続けてきたのが日本文学の特徴であり、僕らの先輩たちは短文に大きな世界を封じ込めることに心を砕き続けてきました。小説も、それと同じような気持ちで書かないと、こうした「日本」は表現できません。しかしながら、物書きがパソコンを使うようになってから、文章を積み上げるように書く人が増えてきました。これは由々しき問題であり、いよいよ日本人が日本を書けなくなっていくのではないかと懸念しています。

――そうした状況だからこそ、浅田さんには今後も御嶽山の物語を通じて「日本」を書き続けていただければと思います。本日は貴重なお話の数々を、まことにありがとうございました。

初出「幽」第二十四号／二〇一五年十二月十七日刊行　カドカワムック

本作品は二〇一四年一〇月、小社より単行本刊行されました。

双葉文庫

あ-25-03

神坐《かみいま》す山《やま》の物語《ものがたり》

2017年12月17日　第1刷発行
2023年 7月13日　第5刷発行

【著者】
浅田次郎《あさだじろう》

【発行者】
箕浦克史
【発行所】
株式会社双葉社
〒162-8540 東京都新宿区東五軒町3番28号
［電話］03-5261-4818(営業部)　03-5261-4831(編集部)
www.futabasha.co.jp（双葉社の書籍・コミックが買えます）
【印刷所】
大日本印刷株式会社
【製本所】
大日本印刷株式会社
【カバー印刷】
株式会社久栄社
【DTP】
株式会社ビーワークス

【フォーマット・デザイン】
日下潤一

ISBN978-4-575-52057-6 C0193
Printed in Japan